*Farming life
in another world.*

*Presented by
Kinosuke Naito
Illustration by Yasumo*

「悠閒度日也不壞。」
Farming life in another world. Volume 15

莉格涅
（高等精靈）
Ligne/Hi Elf
海芙利古塔
（混代龍族）
Hifrigoota/Elder dragon

「調查隊，
出發！」
姬哈特洛伊
（混代龍族）
Kibatroy/Elder dragon
歐潔斯
（混代龍族）
Oages/Elder dragon
Farming life in another world. Volume 15

「救命～～」

「又有麻煩了嗎？」
Farming life in another world. Volume 15

# 異世界悠閒農家

Farming life in another world.
Presented by Kinosuke Naito
Illustration by Yasumo

内藤騎之介
插畫やすも

*Farming life*
*in another world.*

Kadokawa Fantastic Novels

異世界悠閒農家

Farming life in another world.

# Prologue

*Presented by*
*Kinosuke Naito*
*Illustration by*
*Yasumo*

〔序章〕

## 狂奔

我是魔王國的士兵。雖然是基層士兵，因為負責守衛王都的王城，算得上有點實力。

不過嘛，其實不止我一個，守衛王城的所有士兵都可以這麼說就是了。工作時間之外，大家總是在聊「我比他強」、「我輸給他」、「我想贏他」之類的話題。

可是沒人要挑戰隊長。因為隊長確實比我們強上一截。所以，就算我們會想拜託他鍛鍊自己，也不會想挑戰他。

這位隊長鐵青著臉召集我們。光是這樣，我就知道出事了。

總而言之，我們這些士兵請隊長稍等，讓大家先商量一下。

怎麼辦？要辭職嗎？要辭就要趁現在吧？聽完就沒辦法辭了。不過，以前領了多少薪水就該幹多少活……也對。何況隊長還請我們喝過酒。嗯，不該辭職吧。我作好心理準備了。你們也沒問題吧？好，意見達成一致。由我擔任代表告訴隊長。

「隊長，我們想申請休假。」

不給請假。真是霸道的職場。

我們明明表示抗拒，隊長卻繼續說明，真過分。而且內容也很過分。

「王都東側有狂奔的氣息。」

狂奔。

當然，這不是指人亢奮地到處亂跑，而是魔物和魔獸大規模移動。

唉，狂奔本身並不稀奇。魔王國領土遼闊，每年總會有些地方發生這種事。

而且，方才說過我的工作是守備王城。不過是魔物和魔獸大規模移動，我們總會有辦法解決。但是這個解決……出了點問題。

那就是狂奔的原因。

大多數的魔物和魔獸都有自己的地盤，所以不太會離開。會大規模移動，表示牠們拋棄了地盤。

換句話說，就是發生了讓牠們不得不拋棄根據地遷往別處的狀況。

狂奔的原因有很多，大致能分成兩種——食物不足或威脅。

食物不足造成的狂奔，對於一般居民來說是麻煩，我們倒是不怎麼害怕。

頭痛的是威脅。這表示出現了強大的魔物或魔獸，逼得這些魔物和魔獸不得不拋棄原有的地盤。這麼一來，討伐強大的魔物或魔獸，就成了我們的任務。

老實說很難搞。拜託原因是食物不足造成的。

我希望如此。然而，狂奔氣息發生在王都東側，某個地區就位於那裡。

那個地區棲息著許多凶惡的魔物和魔獸，尋常的魔物和魔獸相較之下根本就是小孩子的玩具。那是一片不容許生存的森林——「死亡森林」。

縱使有高聳的山脈攔阻來自「死亡森林」的入侵者，「死亡森林」的魔物和魔獸並不是沒有翻山越嶺的紀錄。

年代最接近的一次，當時這一帶包含王都在內都還屬於人類國家的領土，據說有巨大的蛇越過高山來到這裡。

那隻巨蛇對人類國家造成非常嚴重的損失，緊接著該國又碰上魔王國進攻，於是便滅亡了。這次狂奔雖然不至於使得魔王國滅國，卻得擔心人類國家趁機鬧事。

「別想太多，只是有狂奔的氣息而已。總而言之上頭已經下令，包含我們這一隊在內，共有二十支部隊會前往調查。」

有向冒險者要求協助嗎？

「已經找了。此外，魔王大人似乎也會單獨前往。」

魔王大人？為什麼要做這麼危險的事？

「好像是要表現給太太和女兒看。」

啊，嗯、嗯。這樣啊。

「那麼，六人一組開始行動！要是碰上什麼狀況，至少要讓一個人活著回來。」

我們會六個人一起活著回來啦！

王都東側並非一出城就是山，途中還有一片相當廣闊的森林。

這片森林裡建了好幾個小型鹿砦，用來在敵人通過森林時示警。第一波通知，就是因為鹿砦察覺狂奔的氣息。

我們抵達鹿砦詢問後，發現已經不是狂奔的氣息，而是狂奔的徵兆。狂奔可說必定會發生，大概是這種感覺。啊～我有不祥的預感。可是也不能在這時候丟下工作不管。努力尋找造成狂奔的威脅吧。

嗯？食物不足的可能性？你懂吧？我們來到這個鹿砦途中打倒的魔物和魔獸，狀況都很普通。換句話說，牠們都有好好進食，不可能是食物不足。

離開鹿砦往東走了十天。雖然只是遠遠望見，我們已經找到原因所在。

情況糟透了……應該不至於。在我們眼前，有一隻地獄狼。

只靠我們毫無勝算，但魔王國舉國面對應該有辦法吧。雖然問題在於能把損失壓到多低。我和其他隊員商量接下來該怎麼辦。

就應對方針來說，大概是留下一半監視，剩下一半回去報告。就用抽籤決定吧。

「抽籤啊？這麼說來，你知道那件事嗎？」

嗯？魔王大人籤運很好的事嗎？

「不是啦。就是王都有地獄狼出沒的那個傳聞。」

喔，聽說過啊。其實是致死狼對吧？

「似乎是這樣……不過騎士團那些傢伙說出現的是地獄狼。」

如果是這樣，狂奔應該會發生在王都吧？

「好像發生了喔。」

是這樣嗎？

「是啊。不過嘛，規模似乎不大就是了。而且，打倒那隻地獄狼的好像就是魔王大人。」

哦哦！真不愧是咱們的魔王大人。

「那位魔王大人，就站在地獄狼面前。」

咦？啊，真的耶。什麼時候過去的？還有，他們要打嗎？不對，魔王大人張開雙臂擺出疑似歡迎地獄狼的姿勢。

哦哦！強大到魔王大人那個地步之後，就連地獄狼也會乖乖服從嗎！好厲害！

我原本這麼以為，卻看見地獄狼用前腳把魔王大人拍飛了。

…………

魔王大人————！

Farming life in another world.

# Chapter,1

*Presented by*
*Kinosuke Naito*
*Illustration by*
*Yasumo*

〔第一章〕

## 爆炸案

01.住家　02.田地　03.雞舍　04.大樹　05.狗屋　06.宿舍　07.犬區　08.舞臺　09.旅舍　10.工場
11.居住區　12.澡堂　13.高爾夫球場　14.進水道　15.排水道　16.蓄水池　17.泳池與相關設施
18.果園區　19.牧場區　20.馬廄　21.牛棚　22.山羊圈　23.羊圈　24.藥草田　25.新田區　26.賽跑場
27.迷宮入口　28.花田　29.遊樂設施　30.看守小屋　31.正規遊樂設施　32.動物用溫水浴池
33.萬能船專屬船塢　34.世界樹　35.高爾夫球場　36.高爾夫相關建築　37.養蝦池

## 1 保護

白天。

我坐上飛毯，巡視差不多進入收穫期的田地。

這是一年三穫的第二次收穫——夏收。明明是夏天，卻能看見結實纍纍的稻穗，起先讓我覺得很不對勁。現在就沒問題，已經習慣了。

我坐的飛毯旁邊是小黑和小雪，後面還有一名鬼人族女僕在走著，所以飛行速度相當緩慢。

……

要是我就這樣坐在飛毯上度日，會不會變胖啊？可是，飛毯強烈希望我能夠搭乘它。畢竟生為飛毯，自然會希望有人乘坐，這點我也同意。

嗯～在收穫之前應該可以維持這樣吧？收穫結束後才是問題。說服得了它嗎？還有，最近馬和半人馬族他們看我的眼神好像也有點恐怖。我可沒有瞧不起你們喔。

而且馬應該也有些年紀了。呃，雖然完全感覺不出衰老就是了。再說不久前牠還在牧場區領著其他馬匹奔跑。是因為吃得好嗎？還是說，馬的現役年齡很長，只是我不曉得呢？以前聽人家說過，賽馬界八歲的馬已經過了顛峰，所以幾乎都會引退……因為那是競賽馬嗎？騎乘用的馬或許能活躍得更久。還是說，這個世界的馬比較強壯呢？真搞不懂。

巡完田地後，我正打算去泳池看看孩子們，比傑爾卻慌慌張張地跑來。出了什麼事嗎？

此刻我身在魔王國王都的東側，眼前有一面宛如高牆的巨大山脈。平常都是從另一側看，很少靠得這麼近，覺得有點新鮮。

和我待在一起的，還有幫忙施展傳送魔法的比傑爾，以及擔任護衛的格魯夫和達尬。另外就是覺得差不多要採收白蘿蔔而跑來看狀況的德萊姆。

「村長，在那邊。」

格魯夫所指的方向，能看見以魔王為中心的一群人。用「一群」來稱呼或許有點少吧？魔王加上六名護衛的士兵，還有阿爾弗雷德和烏爾莎。

「爸爸。」

我抱住跑過來的兩人。好乖、好乖。魔王就不用來了啦……為什麼要抱上來？

過了一會兒。

我已經聽比傑爾說了大概，魔王則告訴我詳情。

「有隻地獄狼在，我以為是村長那邊的地獄狼，結果一靠近就被打了。」

雖然挨了打，好像沒受傷。

「那點程度還傷不了我。」

魔王得意地挺起胸膛。雖然看起來沒受傷，臉的右側有點紅，這個就先不提了。

儘管遭到攻擊，要是我那邊的地獄狼就麻煩了，於是魔王找來阿爾弗雷德和烏爾莎幫忙確認。

「可以確定沒在村裡見過，但是也有可能是在『大樹村』外出生的，所以我原本在想要不要叫小黑一過來。」

「不過，要是把小黑一叫來卻打了起來，這一帶會變得很慘吧？」

確實。

森林很寶貴。烏爾莎攔住阿爾弗雷德，說找我來比較安全，於是魔王採用了她的方法。不好意思，讓你們操心了。

我曉得原委了，再來就是造成問題的地獄狼吧。

牠在哪裡？在那邊？

…………趴在山麓附近一處成了岩石場的地方。牠的身軀還保持巨大狀態，所以隔著一段距離也看得很清楚。

可是，牠在做什麼啊？看起來好像很沮喪……

「是村長那邊的個體嗎？」

不是。如果是我那邊的，無論在哪裡出生，至少都會來我這邊露個臉。看上去是六歲左右的公狼，即使把前後一年的都算進去，我也不記得自己曾經見過牠。

不過，就算沒見過也不能丟著不管，留在這裡有可能會遭到冒險者討伐。這應該也是種緣分。

把牠帶回「大樹村」吧。

「帶回去？要怎麼做？」

儘管魔王這麼問，你在講什麼啊？有比傑爾的傳送魔法吧？以前他就把被召喚魔法叫到王都附近的小黑一送回去過，你難道忘了嗎？

「不，我不是這個意思……那隻地獄狼會乖乖聽話嗎？」

好好和牠說就行了吧？

「呃………」

總要試試看。試了就知道。

喔，格魯夫和達尬離遠一點，你們會刺激到牠。

我一個人走到地獄狼面前。

即使我靠近，地獄狼也沒有動作。果然對牠沒印象。這種完全不在乎我的傲慢態度挺新鮮的。

然而，接近到一定程度之後，原先趴著的地獄狼站了起來。嗯，好大。小黑牠們雖然也能變大，在我附近不太會這麼做。總而言之，得想辦法搞定牠龐大的身軀。這個尺寸就算是比傑爾的傳送魔法也運送不了吧。

我沒把地獄狼的態度放在心上繼續往前走。這麼做大概惹到牠了，牠瞪著我。

唉呀，別那麼激動。我這麼說完，繼續往前，接著地獄狼撲了上來。嗯，和我預期的一樣。

我把「萬能農具」變成長槍，掃向地獄狼的兩隻後腳。

地獄狼的身子翻了個面，變成四腳朝天。我立刻上去摸牠肚子。狠狠地摸。

好～乖好乖好乖好乖～怎麼啦？來到陌生的地方很害怕嗎？沒關係，我馬上就帶你去有同伴在的地方喔～

憑藉比傑爾的魔法，我和格魯夫、達尬與地獄狼一同回到「大樹村」。

雖然想要阿爾弗雷德和烏爾莎也一起回來，他們還有學園生活要過。唉，能看見他們這麼有精神就好。下次見面是冬天了吧？還是說他們會回來參加村裡的武鬥會呢？期待重逢那一天吧。

德萊姆似乎要留下調查地獄狼來到魔王國王都附近的路徑。這麼說來，守門龍的職責是避免「死亡森林」的魔物和魔獸跑到外面嘛。白蘿蔔會等他回來再開始採收，希望他好好調查。

那隻帶回村裡的地獄狼，首先要介紹給小黑和小雪。

畢竟小黑和小雪是地獄狼群的領袖嘛，這點可不能疏忽。

小黑和小雪決定接納牠，將牠當成新來的。這下子暫且可以放心了。

再來是……洗澡吧。嗯，畢竟身上很髒嘛。這樣進不了屋子。

由我來洗也可以，不過……一旦新來的交給我洗，因為不能對牠有特別待遇，幾乎每一隻都得由我幫牠們洗澡，體力上實在撐不住。

就在我煩惱該怎麼辦時，四隻小黑的子孫來了。你們要帶新來的去澡堂嗎？真是幫了大忙。

雖然幫了大忙……呃……那個，各位明白吧？那四隻主動跑來照顧新人的小黑子孫全都是母的，而且都沒有伴侶。新來的地獄狼用「你居然騙我！」的表情看著我。不，我本來完全沒有那個意思。別哀嘆為什麼要降生到這個世界上啦。

知、知道了啦。我來洗吧。我不會讓那四隻對你出手。沒關係，不過是稍微辛苦一點而已。相對地，你也要努力習慣這裡喔。假如有什麼困擾，不要客氣儘管告訴我。

## 閒話　新來的

我的地盤裡，沒有算得上威脅的存在。不過，我不會大意。

我居住的這片森林裡，有格鬥熊、血腥蝮蛇和惡魔蜘蛛等許多強敵。沒出現在我的地盤裡，純粹是運氣好。

我沒有名字，只是一隻普通的地獄狼。

看來不該窮追獵物，我迷路了。我的地盤在哪邊啊？雖說地獄狼的方向感很好，還是有極限。

…………

我看向遠方的山脈，確認所在地。

…………

平常很大的山脈變得好小。換句話說，我靠近森林中央。不妙。

這片森林越靠近中央，強者越多，必須離遠一點。

啊啊，太晚了。有巨熊……格鬥熊的氣息。還很遠嗎？逃得掉嗎……………嗯？怎麼啦？格鬥熊的樣子不太對勁耶？

…………

不、不行！不要感興趣！

我責備自己。好奇心會要命。正因為明白這點，我才能活到這個年齡。情況不對就該趕快逃。

我這麼判斷並採取行動。然而，這世界沒有那麼好混。

格鬥熊全力往我的前進方向上移動。

怎麼回事？牠發現我了嗎？不是。

格鬥熊好像和什麼東西打了起來。不，應該說在逃吧。追著牠跑的……和我一樣是地獄狼？看見對方的模樣，我不禁發抖。階級完全不同。對方比我強上不止一兩級，甚至有種莊嚴的感覺。

那隻地獄狼追上格鬥熊，並且發動攻擊……沒打到？地獄狼的牙齒和爪子在碰到格鬥熊的前一刻停住了。

是格鬥熊的特殊能力嗎？不可能。畢竟格鬥熊在面對攻擊時已經有了喪命的心理準備。如果有阻止攻擊的特殊能力，牠不會露出那種表情。

換句話說，是那隻地獄狼故意停止攻擊。為什麼？牠在確認自己的動作嗎？拿格鬥熊當對手？

格鬥熊和那隻莊嚴的地獄狼無視飽受驚嚇的我逕自離開。牠們應該不是沒發現我。畢竟格鬥熊和那隻莊嚴的地獄狼都跟我對上眼了。

……

我在恐懼的驅使下拔腿飛奔。

究竟往哪邊跑了多久，我完全不記得。不知不覺間，我已經來到陌生的地方。附近雖然有片眼熟的山脈，卻不是平常看到的那一側。

我好像越過山脈了。養育我的母親說過不能越過山脈。因為會被龍殺掉。

……

要回森林很簡單。只要越過這片山脈，就是熟悉的森林。儘管我明白，身體卻不聽使喚。

我想起那隻格鬥熊彷彿發了狂的憤怒眼神。想起那隻莊嚴地獄狼的眼神。

…………

那隻莊嚴的地獄狼，眼裡好像充滿飢渴耶？而且還有寂寞。牠是為強者才體會得到的孤獨所苦嗎？

…………呼。我不可能明白，於是決定就地趴下來睡一覺。

會被龍殺掉？行啊，隨時都可以來。

來了個怪人。

很強。

這我明白。他大概比我還強吧。這就是龍嗎？

看來不是。唉，也罷。想一較高下的話，我願意奉陪。要是就此逃跑，我就無處可去了。

我使盡渾身的力量驅趕那個怪人。我本來以為自己的攻擊會被躲開，結果卻打個正著。

…………

飛得好遠……不過那樣應該死不了吧。

我有點後悔，害怕這樣會讓對方認真，但是那個怪人沒回來。

到底怎麼回事？

怪人又來了。另外一個怪人。

證據就是他很弱。嗯，肯定比我弱。

為什麼這樣的弱者會靠近我？純粹因為他蠢嗎？

喂，別再靠近了。我宰了你喔。

即使面對我釋放的殺氣，那個怪人也沒停下腳步。我實在忍不下這口氣。

我撲了過去。這個距離與時機，鐵定能收拾掉他。我原本這麼想，怪人卻往前又走了一步。

而且，他在不知不覺間手裡拿了根長棒子。我連思考他是從哪裡拿出來的時間都沒有。

我已經四腳朝天。而且還被弱者玩弄肚子。

等等……喂，住手！

明明只要起身就能咬死這個弱者，身體卻動不了。身體渴求弱者手上的動作。

怎麼可能。我、我可不會這樣就屈服喔。囉嗦，不要用甜言蜜語哄我。

我才沒在害怕。同伴？我不需要什麼同伴。我就是因為小時候曾被母狼追著跑，才會獨自過活。

事到如今，同伴這種東西……啊，不是那裡。再下面一點。對，就是那裡……啊啊啊……身體放鬆下來了～

活在這個世界上，隨波逐流也是有必要的。嗯。

算了，跟著這個弱者走，應該不會無聊吧。

因為弱者很弱嘛。由我來保護他應該也不壞吧。雖然只能持續到龍來找我。

…………

那個，弱者啊。站在一開始那個怪人旁邊的，自稱是龍耶？我會死在這裡嗎？別擔心？你會保護我？我、我會乖乖聽話，拜託嘍。

我突然有種感覺，那就是弱者或許並不弱。

那個自稱龍的，對於我從哪邊越過山脈很在意。

「雖然有結界，畢竟很舊了嘛，有些漏洞。」

他好像早就知道這一帶的結界開了個大洞，不過還沒檢查完畢。

「我要把結界堵好再回去，村長先回去吧。」

弱者的名字叫做村長嗎？我會記住。

我跟著村長以傳送魔法移動。

要去哪裡啊？

…………

原來是我以前住的森林。而且從周圍的山脈大小來看，就在正中央。

這樣啊～呃……我會死在這裡嗎？別擔心？真的？我相信你喔？

確實，周圍有很多和我一樣的地獄狼氣息，可是也有很多惡魔蜘蛛的氣息耶？

啊啊，我被無數惡魔蜘蛛的孩子包圍了！

牠、牠們在做奇怪的動作耶？歡迎之舞？那是什麼？

我只是一隻普通的地獄狼。

洗澡好舒服。

然後魚很好吃。和河裡的魚不一樣，沒有土味。烤魚更好吃。

光是能吃到這些東西，就讓我覺得活在這世上有意義。

……………

四隻母狼看著我這邊。拜託別看了。

## 2 露營吃火鍋

小黑在村子西側的河邊挖了個淺坑。

然後，小黑往坑裡施放火焰魔法。等到火焰消失後，我確認坑洞的狀況。

……………

坑洞玻璃化了。那道魔法看起來很簡單，不過溫度相當高呢。

然後，小黑往那個坑施放水魔法，往裡面灌水。

引發了水蒸汽爆炸。

溫度高到能形成玻璃，卻沒隔多久就灌進大量的水，自然會這樣嘍。嗯。

等到冷卻之後就沒問題了。或者降低火焰魔法的溫度，降到只會把坑洞陶器化的程度……溫度還是很高啊？

果然冷卻很重要呢。

我剛剛在確認小黑減肥旅行時的失敗之處。

因為他帶上路的味噌好像沒用來料理，只有拿來舔。儘管應該不會有下次，考量到萬一，我決定想個小黑也做得到的料理方法。

…………

在地上挖坑需要另外固定邊緣，找個看起來能當鍋子的岩石凹陷處怎麼樣？看，就類似那種感覺的岩石。

我在附近的大岩石上找到一個凹洞，尺寸正好和大鍋子差不多。

不過這個洞在側面，需要滾動岩石調整……結果小黑用撞的讓岩石滾動了。抱歉啊。

那麼，接下來用水魔法在裡面蓄水。小黑問我，不需要先用火焰魔法消毒嗎？聰明喔。

然而必須先確認這個洞會不會漏水……嗯，看來不用擔心漏水。

再來用火魔法消毒。

就我個人來說呢，會把石頭燒紅後丟進水裡。原本以為小黑也能這麼做，但是有個問題。

那就是要怎麼移動燒紅的石頭。

如果是我，可以用木筷夾或用鑷子送，但是小黑做不到。又不能用嘴巴叼過去。

所以，牠直接用魔法把剛剛蓄的水煮沸消毒。不過嘛，既然能這麼做，就不需要把石頭燒紅了吧。

我將煮沸消毒交給小黑，環顧四周。沒有其他人在。

瞬間，判斷我閒下來的小黑子孫們先後從森林中跑出來，總共三十隻。戒備周邊辛苦了。好乖、好乖。沒出什麼問題吧？有沒有受傷？

小黑的子孫們裡，還有日前帶回村子那隻新來的。看樣子牠沒被霸凌，和大家處得不錯，太好了。

不過嘛，要是我太關心牠，搞不好會變成霸凌的原因……嗯？上次那四隻向我表示沒問題。

混熟了嗎？這倒是不壞。雖然不壞……我悄悄對新來的說，假如有什麼困擾就私下向我報告。

喂喂喂，不要掉眼淚。畢竟把你帶回村裡的是我，我也是原因之一嘛。乖喔。

煮沸消毒似乎完畢了。

小黑也把頭湊過來，因此我摸了幾下。

好啦，由於帶了不少食材和調味料過來，我要下廚不成問題。可是，這次的主題是確立小黑牠們也能做到的料理方式，所以我不會動手。由小黑牠們來做，我純粹下指示。

不過食材還是有先切好啦。小黑牠們自己來時會用咬的，但是這點小事應該沒關係吧。

用來煮沸消毒的水就倒掉……小黑牠們要怎麼處理啊？

就在我為難時，小黑又撞了石頭一下。原來如此。讓石頭像一開始那樣打橫，就能讓水流掉吧。

嗯，水流光了。雖然方法有點野蠻，結果就是一切。

那麼，用魔法往洞裡注入新的水……待會兒要放料，水的量要控制喔。

好，差不多就這樣。那麼，麻煩用魔法把水加熱。慢慢來就行嘍。

等到水沸騰，就加入味噌………我本來想這麼說，可是只放味噌有點單調。

所以，我準備了加入寒天湯凍釀造的特殊味噌。這是特製品，製作時在湯的比例和味噌的味道調整上煞費苦心。

而且味噌原本的形狀不太方便小黑牠們使用，所以我把味噌加工成短棒狀，毫無破綻。

把這東西丟一根進去……大概要看鍋裡的水量調整。這次就放兩根吧。只要用熱水把這根棒子融化，就能弄出像樣的火鍋湯。

嗯，好香。接下來放料進去煮就完成了。並沒有那麼難吧？

只不過，雖然準備了不少這種弄成短棒狀的特製味噌，但是葛拉茲也想要吧？下一批要再麻煩你們等一等。

是啊，製作相當費工夫。

之後我打算委託「五號村」的商人們製造，但是考慮到味道要穩定，恐怕只能找規模比較大的商家了吧？如果不為小店也設想一下，他們會倒閉。

因此我請芙蘿拉幫忙研究乾糧……不行、不行。我都和小黑牠們說些什麼啊。

抱歉喔…………沒這回事？這樣啊。好乖、好乖。

火鍋料以肉為主，完成。

雖然我想放些能吃的草進去，小黑牠們有沒有辦法採集又是個問題。

不，小黑牠們很聰明，只要示範一下，牠們應該就能夠找到同樣的草。不過，問題在於要怎麼只留下可以吃的部分。

要是隨便咬，說不定會咬到不能吃的部分……也就是有毒的部分。不能讓牠們冒這種危險。所以，草就算了。

特製味噌裡多放些蔬菜吧。

…………

連肉也放進去，全都用熱水融開比較方便吧？嗯，這部分就找芙蘿拉或安商量一下再說吧。

嗯？已經完成，所以可以吃了？

第一碗給我？知道了，那麼第一碗就由我來品嘗吧。

我用碗確保了自己的份，試了一口。嗯，好吃。

看見我吃了之後，小黑牠們也依序把嘴伸進火鍋裡。看來大家都有為排在後面的著想，真是溫馨。

不過嘛，考慮到用途，我做的分量只夠幾隻吃。改天有機會再多做一點吧。

餐後。

我和小黑牠們在河邊玩了一會兒，然後回家。

座布團的孩子們在宅邸中庭靈巧地操控絲線做火鍋，看來是有樣學樣。

小黑牠們就在旁邊聽，所以我不太方便誇獎……咦？不但肉和蔬菜比例均衡，就連配色也很完美？

看起來和安她們做的火鍋同級。

啊，要給我一碗嗎？謝謝。

…………

好吃。

晚餐。

安她們準備了非常豪華的火鍋。

…………

我可以說句話嗎？現在是夏天喔？

不，沒什麼。我開動了。

## 3 拉娜農的火

池龜們正在蓄水池裡列隊游泳。

一列、兩列、三列，隊形轉換得很漂亮，因此怎麼看都看不膩。

於是我心想——變多了呢。

乍看之下有上百隻。嗯，無妨就是了。

要是覺得蓄水池太小，就和我說一聲。我會把水池挖大一點，或是闢個新池。

池龜們不會添麻煩，幫忙做這點小事應該沒關係吧。頂多就是偶爾有年輕個體卡在水道狹窄處向我求救，這還在容許範圍內。

不知道是不是為了和池龜對抗，飛馬們列隊飛行。

…………

這編隊再怎麼恭維也稱不上整齊耶。不過，畢竟飛行除了前後左右還有上下，想來很難吧。

話說回來，數量什麼時候變多的啊？去年不是才六匹嗎？呃，我知道生了小馬啦，就算是這樣，變成十三匹未免增加太多了吧？生了七匹嗎？不是吧？

新出生的有兩匹。這兩匹還太小不會飛，就在我旁邊羨慕地看著你們。好，新來的七匹，到這邊集合。你們什麼時候、從什麼地方來的？昨天才抵達村子？本來被養在王都近郊的村子，因為有很多魔物和魔獸跑來很危險，於是被放走了？被放走……這樣好嗎？

不，以村子的立場來說，會被魔物和魔獸吃掉的飛馬留在身邊或許反而危險。從飛馬的角度來看，被放出去也比關在馬廄裡來得安全嘛。

然後呢，你們就飛到這裡了嗎？不是？龍告訴你們的？哪裡的龍？王都的三位混代龍族？

記得名字是歐潔斯、海芙利古塔，以及姬哈特洛伊吧。

那三人對付魔物和魔獸時正好碰上你們，於是把村子的位置告訴你們了嗎？原來如此。

可是，真虧你們飛得過來呢。一來周圍的山很高，二來大家都說森林危險……咦？你們先用短距離傳送門移動到「五號村」，再從那邊的傳送門來這裡？三名混代龍族講得這麼清楚嗎？不是？三名混代龍族把你們介紹給蒂潔爾，你們在蒂潔爾的安排下移動嗎？這樣就說得通了。

等我回到家之後，應該會收到蒂潔爾交代詳情的信吧。

那麼，你們是暫時寄住在這裡吧？等原來的村子安全之後，你們會想回去吧？不需要擔心？蒂潔爾把你們買下來了，所以你們打算在這裡定居？這倒是無妨……但是別和一開始就在的六匹吵架喔？還有，等到習慣這裡的生活之後，就要好好練習飛行。

剛剛的編隊會亂，原因就是你們喔。

嗯，如果喜歡跑步勝過飛行，努力練跑也可以，不過……………我看向馬和獨角獸牠們。

畢竟跑步方面的競爭對手很多嘛。

新來的飛馬們看起來幹勁十足，所以應該沒問題吧。

可是，為什麼昨天抵達時沒人報告呢？小黑的子孫們和座布團的孩子們也……就在我感到疑惑時，一隻小黑的子孫跑來向我報告。

牠們一抵達就倒下了？因為環境變化太大嗎？

本來打算等牠們醒了再報告，於是拖到現在？知道了、知道了，我沒生氣。拜託別那樣道歉。

如果什麼事都跑來報告，我也會很困擾嘛。

蒂潔爾寫來的信上，只有簡單報告買了飛馬送來村子。

至於向誰買的之類的資訊都沒寫，代表不需要在意嗎？

再來就是蒂潔爾的近況、厄斯那家店想要的食材一覽表，以及……蒂潔爾好像對我給葛拉茲的特製味噌有興趣，問得很詳細。葛拉茲向她炫耀了嗎？生產出來之後也送一些給蒂潔爾他們吧。

還有……正在拍一部以魔王為主角的影片？伊雷他們的攝影隊很努力啊？唔嗯……

嗯？有一幕與地獄狼和解的戲，想要在村裡拍攝？

如果要我上鏡頭會有點困擾，純粹協助拍攝倒是無妨。反正伊雷他們應該也不會強人所難。回信告訴他們別客氣，儘管來吧。

德萊姆回來了。結界的洞補好了嗎？

「只做了緊急處理。那好像是很久以前破的，沒辦法修復。如果要把它補得很完美，還不如重新張設結界比較快。」

要重新張設嗎？

「這麼一來就得和家父商量了……」

德萊姆看向路過附近的德斯。

德斯搖搖頭表示麻煩的事晚點再說，我想應該不是因為拉絲蒂的孩子庫庫爾坎在他懷裡。

「我也想把麻煩的事往後擺。」

德萊姆說著走向德斯那邊，大概是要搶庫庫爾坎吧。這是無妨，但是不可以抱著庫庫爾坎吵架喔。

在我這麼開口之前，庫庫爾坎的姊姊拉娜農出來提醒德斯和德萊姆了。嗯，拉娜農真懂事呢。

拉娜農還沒辦法變成龍形態，不過本人看起來不太介意。

反正拉絲蒂和萊美蓮都說過龍的個體差異要用十年為單位來算，所以不需要急，也不需要催。悠閒地慢慢來就好。

儘管有拉娜農的提醒，德斯和德萊姆還是小聲地吵了起來。
可能就是因為這樣吧？拉娜農噴火了。不是比喻，是真的從嘴巴噴出來了。
拉娜農先說了句：「不好意思。」向德斯和德萊姆道歉，接著從德斯懷裡搶走庫庫爾坎，對兩人一鞠躬後離開現場。
…………
孩子的成長真快。
我和德斯與德萊姆兩人一邊喝茶，一邊聊起育兒話題。

## 4 製作飛毯的一族

我向魔王炫耀飛毯之後，他告訴我魔王國也有一個專門製作飛毯的家族。
這些人靠製作飛毯維生，但是沒公開製作方法，好像是那一族的祕術。
不過，雖然那一族的歷史還算悠久，做出來的飛毯卻不多。
「如果要用村長說的方法製作，倒是能夠理解。」
是這樣嗎？不是只要湊到夠多人稱讚就能量產了嗎？
「首先，準備沒使用過的地毯和當核心的魔石很麻煩。」

原來如此。

「不僅如此，對它說話……這也算是一種魔法。」

魔法？

「正確說來是魔法的前一個階段吧。所以，要由具備一定程度魔力的人來做才有意義。」

咦？如果是這樣，代表我對它說話沒用嗎？

我大受打擊，飛毯便安慰我說沒那回事。

就算沒有灌注魔力，對飛毯說話好像還是很重要。謝謝。

「呃……既然飛毯這麼說，代表沒魔力的人對它說話應該也有用吧。可是，要讓它動起來，還是需要有魔力的人來對它說話。」

這樣啊。主要和它說話的是露，也就是說露的魔力很重要嗎？

「嗯。既然那位露大人要二十天，一般魔族大概要幾十年吧。想來沒辦法量產。」

就連露都會在途中分心，幾十年……不可能嘛。

可是，還是有做著這種事的一族啊？真厲害耶。

「然而，那一族製作的飛毯，情緒表現比不上這張飛毯豐富喔。或許要歸功於村長和它對話呢。」

魔王這麼說完，飛毯高興地靠向魔王，邀請魔王坐上去。飛毯不怕生是好事。

嗯？你要載魔王去哪裡？啊，你想去對露炫耀是吧！要是露鬧脾氣就麻煩了，別這樣！

……………唉，飛毯差不多也該和露和解了。

我加入德斯和德萊姆的討論，議題是結界的破洞該怎麼辦。

「重新張設結界大概做不到。」

德斯這麼結論。

理由在於沒人有張設結界的技術。想要調查資料讓技術復活，恐怕得以百年為單位。

按照德斯的預測，可能要耗費千年。

這麼一來，這就不會是德斯負責的案子，而是由孫子或曾孫負責。德斯不想讓可愛的孫子或曾孫做這種事，所以駁回了重新張設的方案。看來打算想辦法修復現在的結界，繼續使用下去。

我明白你們的心情，但是這樣行嗎？

「那個結界的用意，在於不讓這個地方的魔物和魔獸出去。」

嗯，我聽說了。

「因此，結界不止一種，而是由好幾種組合而成。」

這樣啊？

「嗯。簡單來說，對應大型的結界、對應中型的結界、對應小型的結界，以及對應超小型的結界，各自有好幾道。」

是這樣嗎？結界的規模還真大呢。嗯，所以要重新張設才會很難吧？

「這次出問題的，是對應小型的結界，位於最外側。這道結界破了洞，但是內側還有其他對應小型的結界，所以不至於出大問題。」

原來如此。

…………怪了？若是這樣，為什麼地獄狼能穿過結界呢？

「爸爸，這話有點難以啟齒……內側的結界也破了洞。」

先前一直保持沉默的德萊姆向德斯報告。

「雖然只有對應小型的結界出事，破的洞幾乎呈一直線……我想恐怕是從內側突破的。」

「結界修復到哪裡了？」

「只修了最外側。」

「為什麼內側沒處理？」

「白蘿蔔要收成了。」

「……」

「……」

「白蘿蔔收成沒有修復結界重要吧！」

「小型結界是地獄狼級用的，所以比較不重要啦。因為牠們幾乎都在這個村子裡了嘛！」

不，還有很多野生的地獄狼吧？

「德萊姆，你沒忘記守門龍的職責吧？」

「就是因為沒忘，我才會去修復結界。」

「唔姆姆……等到白蘿蔔採收完畢，你要記得回去把剩下的結界也修好喔。」

「當然，我就是這麼打算的。」

德萊姆拍胸膛保證，就我個人來說也希望結界別出問題。要是碰上麻煩可就不妙了。所以，我也拜託他好好解決這件事。

不過，那隻從內側突破的魔物或魔獸，後來怎麼樣了？

「德萊姆，從結界的狀況看來，大概是多久以前破的？」

「大約兩千年前。」

「唔嗯，如果是那麼久以前，問古吉應該比較快。他在哪裡？」

「由於他有些私事，前段時間外出了。他難得一臉嚴肅，說是為了維護尊嚴的必要之舉，所以我答應了……」

我接到陽子的報告，表示古吉在「五號村」和薇爾莎不知道在一起做些什麼。等古吉有空再去問他好了。

既然是兩千年前，和現在的我應該無關。

臺車在村子的道路上奔馳。

看來是山精靈們製作的箱子專用臺車改良版。不僅能跑直線，還能左彎右拐。

箱子明明只能開關箱蓋，究竟是怎麼做到的呢？

…………

透過箱蓋開啟的角度傳遞指令啊？

蓋上時停止。稍微開一點是右轉，中等程度是直行，開得很大則是左轉。原來如此、原來如此。

速度固定嗎？

箱子裡有調整速度的魔石，打開箱蓋時會決定最高速？哦～

順利嗎？還有缺點？

以現在的構造來說，缺點是要停車時必然會稍微往右偏啊？喔，因為關起箱子之前的狀態會和稍微打開一樣嘛。

如果這部分的反應不敏銳一點，平常操控會有問題？

嗯……確實。

「除此之外，還有另一個缺點……」

還有啊？

「要是速度太快，好像會很難讓箱蓋的開啟程度維持在中等……」

這樣啊，還有空氣阻力……

箱子操作的臺車一邊加速一邊往左偏。啊，開始一直往左打轉了。

「一旦變成那樣，就很難自己停車了。」

空氣阻力導致箱蓋關不起來，所以停不住對吧？

「實驗中止！外部停止裝置啟動！保安員，灑網讓它停下來！」

等在周圍的山精靈們奔向停住的臺車。箱子好像失去意識了，真是亂來。

明知有這個缺點，四千零五十一號箱還是上了臺車嗎？

「因為它說這次不會有問題。」

儘管志氣可嘉，不要想靠毅力解決技術層面沒搞定的問題。基本上，這是做不到的。

我個人推薦把臺車交給魔像駕駛，箱子則對魔像亮出指令卡的方法。

## 5 製造文化炸彈

在我腿上睡覺的小貓之一——薩麥爾醒來，站到地上伸了個大懶腰。

也就是說，魔王來了。

才剛閃過這個念頭，魔王和比傑爾就從通往中庭的門走了進來。薩麥爾跑向魔王，其他小貓隨後也跟上。

嗯……還是一樣受貓歡迎，真羨慕。然後，我的腿上好空。

唉呀，趕來的老虎蒼月從旁邊一頂，魔王飛出去了。

沒事吧？看來沒事。

蒼月，雖然大概是背上的貓姊姊米兒牠們在催你，移動時還是慢一點啦。對了，不用在意我，去和魔王玩吧。我和比傑爾有事要談。

今天魔王和比傑爾來訪，是為了拍攝與地獄狼和解的戲。

事前蒂潔爾已經來信告知，伊雷他們的攝影隊也正式提出了委託，所以村子這邊沒問題。

攝影隊數天前就已經抵達村子，開始做拍攝準備……不過拍攝地點似乎有問題。

「這裡不能入鏡的東西多了點……」

會嗎？

聽到我的疑問，伊雷拿出試拍的影像讓我看。

…………

雖然是普通的村莊風景，不時能看見龍形態的德斯和基拉爾出現在畫面一角。他們想參加演出嗎？

「我們試著詢問過了，但他們好像沒那個意思。」

這樣啊。

可是……嗯，該怎麼說呢？準備一份以德斯或基拉爾當主角的拍攝計畫書就行了吧。我想這樣應該能解決。

「我會考慮。不過，除此之外還有很多不能入鏡的東西……」

舉例來說？

「『四號村』。也就是太陽城。」

原來如此，這個能理解。
「世界樹。」
不知情的人會當成普通樹木，但是對於知情者來說非常顯眼。這會影響拍攝啊？
「上面有巨蠶，就算是不知情的人也不會當成普通樹木喔。那棵樹有種獨特的氣質。」
這樣啊。
「然後，最大的問題是田地……」
田地？田地不行嗎？村裡的田？
「季節感……」
……這我倒是有自覺。
在拍攝指揮伊雷的判斷下，拍攝地點改為「五號村」近郊的森林。
目前攝影隊正在「五號村」挑選能拍攝的地點，這件事則由我轉告比傑爾。
參加拍攝的地獄狼，就是魔王實際碰上那隻新來的。
得到魔王的許可之後，大家便往「五號村」近郊的森林移動。儘管新來的應該不會鬧事，保險起見我也同行。定位類似訓練師。
比傑爾會以傳送魔法接送，所以算不上什麼負擔。
我在旁邊看著攝影隊活動，打算幫新來的刷毛……卻被參加攝影隊的前文官少女組攔住了。說是要保留野生感，不可以刷毛。原來如此，了解。那麼在上場之前，就和新來的聊聊天吧。

在村裡的生活有沒有什麼問題呢？和伴侶們處得好嗎？嗯？其實你拿母狼沒轍？以前被追著跑，所以會怕？

這樣啊。在這種情況下，還一次四隻……

如果有什麼狀況，隨時告訴我喔。慢著，「還撐得住」就是危險信號。有什麼事可以找周圍的人幫忙。嗯。

就這樣聊著聊著，輪到新來的登場了。加油。

拍攝很順利。新來的沒犯什麼大錯也沒出什麼問題，把牠的戲分拍完了。

之所以在當天晚上就舉行試映會，想來出於攝影隊的熱情吧。

至於內容……致力於內政的魔王、努力訓練的魔王，以及處理狀況的魔王，從頭到尾都在捧魔王。時間雖然只有短短三十分鐘，卻頗為緊湊。話雖如此……

有個地方令我在意。不是內容，而是拍出來的成品。

處理狀況的那一幕，只是待在會議室裡針對議題講述解決手段與方針而已。魔王在內政場面和訓練場面都跑來跑去，會議室那一段的動作卻很少，感覺有點怪。只有在接到地獄狼出沒的報告之後迅速採取行動。

以故事來說或許是不得已，但這種不得已的感覺似乎太過強烈。唉，或許只是我太挑剔了。

「不，村長說的沒錯。我也想對會議室那一段做些更動，不過實際上好像就是那種感覺……」

演出上稍微誇張一點也行吧？致力於內政的魔王和努力訓練的魔王，都有加入表演效果吧？

咦？平常就是那樣？…………魔王有在好好工作呢。

然後，我好像多少能理解他來村裡向貓咪們尋求治癒的心情了。

不過嘛，這些先擺一邊，應該能透過演出效果讓畫面好看一點吧？畢竟是處理狀況的場面……比方說像這樣。

魔王快步走在豪華的走廊上。

六名部下圍在他身邊，以同樣的速度移動。

「有緊急狀況。德洛瓦，召集士兵。」

「遵命。」

應聲的德洛瓦伯爵停下腳步低頭致意，然後朝魔王的反方向走去。

「格里奇，控制住東門的兵，別讓他們亂來。」

「是！」

和德洛瓦伯爵一樣，格里奇伯爵也停步低頭，朝魔王的反方向邁步。

「普加爾，那件事怎麼樣了？」

「一切依計畫進行。」

「很好。計畫不變，就這樣繼續下去。」

「包在我身上。」

普加爾伯爵停下腳步低頭致意。

「將軍，敵國或許會趁機有所行動。」

「西側是吧。」

「如果有動靜，要怎麼處理隨你高興。不用操心善後問題。」

「屬下明白。」

葛拉茲停下腳步向魔王敬禮。

「德勒斯登，看來國內要亂了。」

「看來如此。人員已經部署完畢，要出手壓制嗎？」

「可以。動手吧。」

「是！」

德勒斯登伯爵停下腳步低頭致意，然後就這麼消失在畫面上。

身邊部下僅剩一人。

「我要做什麼呢？」

那個人是比傑爾。

「你負責最辛苦的部分。」

「也就是跟在魔王（您）身邊對吧？」

「就是這麼回事。我的背後就交給你了。」

「屬下了解。那麼，就在晚餐之前解決吧。」

處理狀況的魔王，變成這種感覺的場面。

概念是「一邊走路一邊下指示的魔王」，這麼一來就有速度感了。

伊雷他們攝影隊給予好評。魔王和比傑爾也說這樣不壞，看來很滿意。

不過嘛，德洛瓦伯爵等人登場，讓他們的女兒神情很複雜……

「唔！帥氣得不像父親大人。」

「會讓人以為家父很優秀。」

「爸爸居然沒有慌慌張張……」

大家對於影像都給予肯定，行了。於是伊雷宣布影片完成。

至於拍攝那一幕時大家為了對話順序和內容吵得很難看的事，就先不提了。

## 閒話　烏爾莎和伊絲莉前往賭場

王都一角……應該不算，靠近王都中央的某棟豪宅原先屬於某個做壞事後垮臺的商人，被人買下之後成了每晚營業的賭場。

我的名字叫做殷．卡契克，是經營這間賭場的男人。

在魔王國裡，賭場並不違法。可以當個讓民眾放鬆身心的地方，不能做得太過分。

而且賭場也有分級。這間賭場不是為尋常民眾而開，而是聚集了大型商會關係人士等有錢人的高級賭場。

不是我自誇，這裡的營業額可是王都所有賭場之中最高的。

換句話說，我這間賭場是相當優良的店家。

我可沒說謊喔。提起賭場就會聯想到從賭客身上撈錢，但是這麼做會趕跑客人吧？

賭場的基本原則是讓客人玩得開心，而非大肆從客人身上撈錢。細水長流，這才叫做賭場。

這樣的賭場令我十分自豪。我們和那些黑心賭場不一樣。

好啦，賭場今天怎麼樣啊？

上門的客人不少，場子也算熱鬧，看來大家都樂在其中。

…………嗯嗯嗯？

有一桌聚集了很多人，出了什麼事嗎？

我找到管理樓層的工作人員確認狀況。

「非常抱歉，被對方予取予求。」

……予取予求？也就是輸了嗎？

「是的，輸得很慘。」

喂喂喂，這是怎麼回事啊？

我走到很多人那桌，發現是單純的賽鼠。老鼠在劃分跑道的賽場上奔跑，客人預測抵達終點的順序並且下注。賽鼠在這間賭場還算受歡迎，而且營收不少。換句話說，這是種賭場很難輸的遊戲。

這樣還能被對方予取予求？是作弊嗎？

「不，我們有好幾個人在監視，但是看不出作弊的跡象。而且賽鼠很難作弊。」

嗯唔唔，確實。

是什麼樣的客人呢？

「兩位年輕女性。她們拿著貝卡瑪卡商會的介紹信。」

貝卡瑪卡商會！

王都中勢力最大的商會——達馮商會的成員之一。而且他們最近發展興盛，已經成為了達馮商會的核心。

那家商會的關係人士？來做什麼的？只是來玩的嗎？

「要怎麼辦？」

沒什麼怎麼辦吧？這是賽鼠。派出列布埃號。酬勞是肉乾。

「了解。」

呵呵呵，方才也說過，讓客人玩得開心是賭場的基本原則。

今天讓客人在這裡大贏特贏而愛上賭博也是一種方法，但是每個客人的性格不同，也有可能贏了這麼多錢之後就感到滿足而再也不來。

要賭得開心並不是一直贏，而是有贏有輸。

然後呢，列布埃號是這間賭場最厲害的老鼠！還是能假裝以些微差距落敗的演技派！來，好好享受吧，客人！

「殷先生，列布埃號逃跑了。」

……啥？

「牠原本因為肉乾而幹勁十足，卻在進場前一刻反悔了。」

怎麼會有這種蠢事！那隻老鼠有被我們飼養的自覺，牠會逃？不可能。反正一定還在廚房附近！把牠找出來！

「已經去找了，但實在趕不上比賽。」

嗚唔！不得已，還有其他客人在看，讓賽鼠繼續吧。

「了解。」

居然會被老鼠的心血來潮擺一道……我們真的只是想讓客人開心啊。

「殷先生，我們還在輸。」

看來是這樣。由於賭金設有上限，我們不至於破產，但是其他客人也開始跟著連勝的客人賭同一隻老鼠了。這樣下去不妙。

「要關掉那一桌嗎？」

唔唔。

關掉賭桌——換句話說，就是賭場認輸喊停。只不過，以賭場來說這樣很丟臉，而且在這種時候要人家走，人家可能以後都不會來了，所以我不想這麼做。

不過，我也不想就這樣一直輸下去。唉，關掉。然後領客人們到別的賭桌去。至於一直贏的那兩位，盡可能想辦法邀請她們到特別室。

嗯，沒錯。由我來應付。

「難道說您要用那個遊戲嗎？」

既然在特別室，當然是那個遊戲。快去邀請，別讓她們走了。

「是！」

在多位工作人員的包圍下，兩位女性客人來到特別室。

……還真的是兩名年輕女性耶？不過，她們的運氣特別好，不能大意。

兩位客人，突然結束那張賭桌，實在非常抱歉。不過，我想這個房間的遊戲應該能帶給妳們更多樂趣。哈哈哈，哪裡、哪裡，請多指教。啊啊，不好意思，我是這間賭場的經營者，殷．卡契克。方便請教兩位的大名嗎？

「烏爾莎。」

「我是伊絲莉。」

烏爾莎小姐，以及伊絲莉小姐嗎？還請多多指教。對，我也會參加。

是的，我們所準備的，是近來在魔王國貴族之間流行的新遊戲。要記住規則會有點難，不過只要試著玩幾局沒賭錢的，應該就會明白它的樂趣所在。

「直接開賭無妨喔。」

「烏爾莎同學，就算是知道的遊戲，也得好好確認規則才行。因為或許會有賭場自己的特殊規則也不一定。」

……難道說她們曉得這個遊戲？這兩人有貴族背景嗎！貝卡瑪卡商會介紹信是用來讓我們大意的謊言嗎？

沒、沒關係，就算有貴族背景，她們也不可能比我更熟悉這個遊戲。這個叫做麻將的遊戲，不可能有人比我更熟！畢竟打從知道這個遊戲以來，我每天都在打。

……世界真大。還有很多人比我更厲害。

「殷先生，您輸掉的金額很誇張。」

嗯，我知道。呃……通知工作人員準備找下一份工作。我已經不行了。

「殷先生，別放棄！你可以的！」

不，沒救了吧？就算我能勉強擋下烏爾莎小姐，也攔不住伊絲莉小姐。我們的水準不一樣。這間賭場完了……

就在我嘆息時，工作人員告訴我有新客人上門。

很遺憾，我們已經沒有餘力……貝卡瑪卡商會的黎德莉會長？她是來保護那兩個人的嗎？

這樣啊，確實有可能。畢竟有客人贏太多就不放人家走的黑心賭場嘛。

就在我思考這些時，被工作人員帶進來的黎德莉會長已經跑到烏爾莎小姐和伊絲莉小姐身旁。

「烏爾莎小姐、伊絲莉小姐，搞錯店了！不是這裡！」

「咦？是這樣嗎？」

「是的，這間是優良店家。蒂潔爾小姐委託調查的店是另外一間，在隔壁。」

「咦咦咦？我們亮出介紹信，他們就放行了耶？如果弄錯店，不是會被擋在外面嗎？」

「因為信上只寫著我會為兩位擔保而已。來來來，快撤……好像贏了不少呢。」

黎德莉會長看著兩人旁邊堆積如山的銀幣。

「本來打算整垮他們……呃……不能退還對吧？」

咦？兩位願意退還嗎？真的？啊，不過……賭輸的份如果不確實支付，我們的評價會……

我非常煩惱，此時伊絲莉小姐這麼提問：

「這裡的麻將牌，是自製的嗎？」

是、是我拜託工匠製作的。我受邀到貴族宅邸時，看到真品後記下來……有弄錯的地方嗎？

「不，做得很好。能不能以今天贏的份，請你為我們介紹那位工匠呢？」

…………這樣行嗎？

「我們可不會毀掉優良賭場喔。」

打麻將時看起來像死神的伊絲莉小姐，這時候看起來就像女神。

啊啊，幸好我做正當生意。

幾天後，聽說好幾家有不良傳聞的賭場垮了。大概是那兩人去鬧事了吧。我想像得到。

唉，畢竟也有客人被整到哭，現在只是換那些黑心賭場哭而已，沒得抱怨。

成為話題中心的兩人來到我們賭場。

「我們來玩嘍～印象中我們還有些遊戲沒試過。」

「請多多指教。」

…………我們不做兩位的生意。是的，禁止兩位進入。

問我為什麼？我們已經查出來，兩位在玩賽鼠時威脅老鼠嘍。沒錯，列布埃號告訴我的。牠說妳們恐嚇他。

不，我不懂老鼠的語言。但是列布埃號很優秀，牠用手勢告訴我了。

沒有永遠不行，但是一年內禁止進入。

我的名字叫做殷・卡契克，是經營賭場的男人。

我的願望，就是讓來賭場的客人玩得開心。

「我覺得禁止進入太過分了。」

有大活動時會特別招待兩位，還請放過我們。

## 6 夏收與毀滅的城鎮

夏收開始了。

村裡有空的人和其他村子來支援的人通力合作，進展很快。

嗯？孩子們也來幫忙嗎？謝謝你們。火一郎、古拉兒和拉娜農要去別處嗎？喔，和德萊姆一起採收白蘿蔔是吧。那就拜託嘍。

文官少女組成了中心，負責確認作物的種類與數量。需要加工的東西，則送往各自的加工地點。可能因為每年有三次吧，大家的動作都很俐落。我也得好好努力才行。

收穫結束後，我還得耕秋收用的田地，不過在那之前要舉辦慰勞收穫人員的小宴會。

特別是從其他村子趕來幫忙的人，可得感謝他們才行。

所以，我們辦了一場烤肉會，主要都挑選了一些上等部位。當然，剛採收的蔬菜也會用上。不用客氣喔。我們會努力烤，希望大家儘量吃。

德萊姆，燉白蘿蔔好了吧？哦哦！連去邊角和多劃幾刀都沒忘記。

嗯？喔，拉娜農，去邊角就是指切完蔬菜之後，把那些邊邊角角的部分削掉。這麼一來下鍋後比較不容易變形。

至於多劃幾刀，則是為了讓白蘿蔔容易入味。

對料理有興趣嗎？廚藝可以去問安她們喔。

想學德萊姆的味道？這樣啊。那麼，晚一點去問德萊姆吧。嗯，晚一點。要是現在告訴德萊姆，他的眼淚會掉進菜裡。

我揮動「萬能農具」的鋤頭耕田。

一揮起「萬能農具」，時間就過得飛快。

不，我耕田的速度變快了嗎？

……自滿不是好事。當成「萬能農具」的性能提升了吧。「萬能農具」也顯得很得意。耕完田之後，把它好好擦一擦吧。

雖然只要收回再拿出來，「萬能農具」上面的髒汙就會消失，但是感謝之意得用態度表示才行。

從「夏沙多市鎮」往北前進是鐵之森林，再過去則是德萊姆巢穴所在的山。

縱然地理位置如此，卻有一條「夏沙多市鎮」往北的道路。儘管應該很多年都沒有整修，卻鋪得很完善。

這條路是用來做什麼的啊？通往德萊姆的巢穴嗎？

不是。

「看樣子，『夏沙多市鎮』北邊本來有個大型城鎮。」

如此向我報告此事的，是在「夏沙多市鎮」努力工作的米優。短距離傳送門的設置，使得米優在「大樹村」露面的機會變多了。

「雖說是大型城鎮，規模應該比現在的『夏沙多市鎮』來得小。從『夏沙多市鎮』往北約五天路程可到，就在『鐵之森林』前面那片森林裡。數個月前，某支冒險者團隊發現了那個城鎮的遺跡。」

哦？

「發現的冒險者團隊有探索優先權，但是棲息於周邊的魔物和魔獸太強，他們便賣掉了優先權。」

優先權還能賣啊？

「可以。至於買下優先權的人，則是『夏沙多市鎮』的伊弗魯斯代官。不過嘛，其實是我出的主意就是了。」

別強人所難喔。

「我對那裡的貢獻，足以讓我提這點程度的要求。」

即使如此也一樣。

「我沒有要讓代官浪費錢喔。這是有賺頭的。」

是這樣嗎？

「是的。這個位於『夏沙多市鎮』北邊的城鎮，名稱是『夏多市』。那是個神官系的城鎮，比『夏沙多市鎮』來得古老。」

神官系城鎮？

「有很多宗教相關建築的城鎮。信仰對象似乎是守門龍。」

這樣啊。這樣的城鎮滅亡，還真是有點可惜呢。

「這個嘛，那裡差不多是在兩千五百年前滅亡的。」

兩千五百年，尺度還真大。

不過，這也就表示守門龍的職責早在兩千五百年前就已經存在了嗎？

…………

兩千五百年前？好像在哪裡聽過。呃…………啊，和箱子們掉落的時機重疊嗎？箱子們會不會知道那個城鎮的事情啊？

「是的。我也這麼想，於是向箱子們確認了。他們好像就是在前往那個城鎮的途中掉下來的。」

哦哦！

好個奇妙的偶然……恐怕不是偶然。就是因為要往那裡移動，才會從森林上空通過吧。

「不過，因為在抵達之前就掉下去了，所以沒有什麼像樣的情報。」

唉，我想也是。

「接著我去詢問守門龍德萊姆大人關於那座城鎮的事……牠當時好像還沒出生，所以不清楚。」

原來如此。既然還沒出生就沒辦法了嘛。

「於是我又問了德斯大人和基拉爾大人，不過兩位也表示，他們出生時那裡就已經沒有城鎮了。」

唔嗯……

……嗯？所以呢，為什麼妳覺得有賺頭？還有，神官系城鎮這個情報是從哪裡來的？雖說信仰守門龍，德斯和德萊姆明明都不知道啊？

「薇爾莎大人知道。據說那裡是被某個東西滅掉的，所以很有可能留下了財產。」

原來是始祖大人的太太薇爾莎啊。

可是，被誰滅掉的就不清楚了嗎？

「薇爾莎大人基本上足不出戶，所以對外界情報不太熟悉……」

那就沒辦法了吧。

唉，就算是被某個東西滅掉的，那也是兩千五百年前的事了，與我們無關。

「對。所以說，村長。」

怎麼樣？

「要不要調查一下？調查中找到的財寶，我會全部上繳。」

…………

全部？

「是的。」

然後呢，你們那邊要怎麼賺錢？

「只要村長去調查，那一帶的魔物和魔獸就會被清得一乾二淨，因此賺錢方法要多少有多少。首選是租給伊雷率領的攝影隊。在街上拍攝會鬧出糾紛，所以我想弄個專屬場地把他們丟過去。」

啊～拍攝影片專用的城鎮啊？

「既然已經滅亡，代表怎麼重蓋都無妨。雖然需要用短距離傳送門連通，這也能提供就業機會，以『夏沙多市鎮』的角度來說鼓勵這麼做。」

原來如此。米優也認為電影能賺錢啊？

「我在『五號村』觀賞過了。那種娛樂一定會賺錢，而且需求應該會持續很長一段時間，投資不會吃虧。」

蒂潔爾也在信上寫過類似的事呢。該不會是妳向蒂潔爾推薦的吧？

「正好相反喔。是蒂潔爾小姐建議我去看電影的。」

原來如此。

「那麼，對於調查委託的回覆呢？」

呵，平常的我會立刻回答，但是今天的我不一樣。

「我要先和太太們商量再回覆。麻煩妳等到明天。」

「了解。還請認真考慮。」

不過嘛，米優已經打點好了，太太們沒有人反對就是了……

她是怎麼打點的啊？之後私下請教她好了。

## 7 調查團先遣隊

米優委託的「夏多市」調查，最後決定立刻開始。

「那麼，我出發了。」

被任命為調查團先遣隊隊長的莉格涅向我敬禮。

「我們這就出發。」

然後，莉格涅率領的三名混代龍族歐潔絲、海芙利古塔，以及姬哈特洛伊跟著向我敬禮。我也向她們回禮。

嗯，我留在村裡。

雖說接下了調查委託，我用不著第一個過去的樣子。原來如此，米優是以這點說服太太們的啊？

不過，好像不需要特地把莉格涅她們從王都叫過來……阿爾弗雷德他們在王都有沒有什麼覺得不便的地方呢？嗯？有阿爾弗雷德託妳轉交的信？為什麼不先說呢？

阿爾弗雷德的信上寫著近況，還有請我關照莉格涅她們。

看來過得不錯，那就好。烏爾莎和伊絲莉似乎常一起出去玩。兩人大鬧王都的賭場？她們在幹什麼啊？儘管應該有大人陪伴，還是在回信上要她們別靠近賭場那種危險的地方吧。

蒂潔爾都泡在王城和達馮商會啊？希望她沒給人家添麻煩……拜託阿薩和厄斯多幫忙吧。

至於梅托菈，我希望她專心照顧應該都在學園的阿爾弗雷德。

就在我讀信時，莉格涅她們上路了。

她們好像是用傳送門往「五號村」移動。只有莉格涅和三名混代龍族行嗎？

先遣隊用意在偵察，因此人數太多反而麻煩？原來如此。畢竟不是和人家打架嘛。這讓我稍微安心了點。

假如有危險，希望她們立刻撤退。

總而言之，我會等到莉格涅她們回來才前往調查，在那之前就先等待。

說是等待，卻也不需要坐著不動。陪孩子們玩吧。

…………

孩子們在古隆蒂那邊上課啊？不能打擾他們。沒辦法。

既然如此，那就為了努力念書的孩子們做些甜點吧。

這麼想的我來到廚房，看見妖精女王已經拿好湯匙擺出一副「試吃交給我」的表情等著。唉，這倒是無妨啦。

好啦，要做什麼呢？雖然夏收已經結束，天氣還是很熱。

冰淇淋。

不，冰淇淋有做好放著的。開發冰淇淋的新口味也是個選擇，但我沒有在孩子們上完課之前就開發出來的自信。

要不然……聖代。水果聖代之類的如何？

厄斯在王都那間店裡賣的「水果拼盤搭冰品」該不該稱為聖代讓人有點煩惱，我決定試著做我印象中的聖代。

冷凍保存的水果有很多種能選嘛。好。

我把完成的聖代交給妖精女王。看來她十分滿意，太好了。

不過，由於沒有適合的玻璃容器能裝聖代，所以我用了祕銀杯……看上去總覺得差了點。

不，祕銀杯很漂亮，但它不是透明的。果然還是需要聖代杯。

是不是請玻璃工匠製作聖代杯比較好啊？啊，這麼做也會有問題吧。「夏沙多市鎮」和「五號村」雖然有人生產玻璃製品，品項或說形態是固定的。

這是因為玻璃工匠們需要以手工大量生產瓶子等物品所造成的弊害……才怪，只是單純的商業競爭。玻璃工匠分為玻璃器皿、玻璃板和藝術玻璃三個派閥，製作什麼東西都有細分。

雖然這麼做感覺會阻礙技術發展，也有保護玻璃工匠生意的一面，不完全是壞事。何況那些既定的玻璃製品都能穩定入手。

可是，訂製自己想要的東西時，就會很麻煩。

住在「五號村」的玻璃工匠應該能給點方便，但也不能因為這樣就無視派閥。

這下子……只能自己做了嗎……

呃，我對於製作玻璃實在沒什麼自信，聖代杯還是保留吧。

話說回來，妖精女王，我知道妳吃完聖代了，但是旁邊那些泡在濃糖水裡面的水果是要給孩子們的，別吃掉。

這麼做不是為了讓水果更甜，只是要維持它們的色澤。

唉，想吃的話就配優格吃。加果醬也行。對了，在那之前先說說聖代的感想吧？

「滿足。」

那就再好不過。

在我發水果聖代給上完課的孩子們時，一名高等精靈跑來。她是去「五號村」協助陽子的人之一。

莉格涅一行人前往的「夏多市」那一帶，似乎發生了大爆炸。規模好像大到連隔了一段距離的「夏沙多市鎮」和「五號村」都看得見。

怎麼啦？「五號村」發生爆炸？不對？不是那樣？

以時間來看應該和莉格涅她們無關，如果三名混代龍族變成龍飛過去，很可能會碰上爆炸。

莉格涅她們沒事吧？有看到飛行中的三隻龍？莉格涅也騎在上面？

換句話說她們沒事吧？那就好。

那麼接下來的問題，就是爆炸的原因是什麼？和莉格涅她們有關嗎？

我這些疑問，看來要等到莉格涅她們回來才會有答案。

古吉在我面前低下頭。

他好像就是爆炸的原因。正確說來，是爆裂物堆積的原因。

長年以來，他都把危險物品堆放在「夏多市」。那裡是廢墟，他認為應該不至於造成別人的困擾。為了安全起見，他姑且還是施加了魔法避免別人接近，但不知是魔法出現漏洞還是冒險者突破了魔法，「夏多市」被發現了。

倘若調查一事傳進古吉耳裡，那麼他還能在事前提出警告或阻止，但是古吉在「五號村」有很多事要忙。至於忙什麼我就不問了。

好了，不用這樣一直道歉。爆炸的原因或許是古吉，但不是古吉的錯。

抵達「夏多市」的莉格涅等人碰上魔物，用火系魔法驅趕，結果點燃了爆裂物。爆炸是意外。

雖然莉格涅她們差點出事……

不過莉格涅她們毫髮無傷，對於爆炸一事看來也沒打算責怪古吉，所以這件事到此為止。不，反倒是那些被引爆的東西，我想我們必須賠償。

我這麼告訴古吉，他卻用「那都是廢棄物」拒絕了。

嗯～想想能提供什麼補償吧。

話說回來，莉格涅她們毫髮無傷，到底是怎麼躲過那場爆炸的呢？

根據我所聽到的，她們應該就在爆炸現場的正中央吧？

「只要跑得比爆炸的氣浪還要快就行了。」

…………

這、這個嘛，莉格涅應該做得到吧。
「這是拚命修行的成果。」
「其疾如風。」
「沒有殺意的爆炸，就連我的鱗片都傷不了。」
三名混代龍族得意地這麼回答。
…………
「炎龍族的歐潔斯天生有火焰抗性，所以我們拿她當盾牌。」
姬哈特洛伊抵擋不住我的懷疑眼神，如此乖乖坦白。誠實是好事。
還有，幸好妳們平安無事。

## 8 審判

宅邸中庭臨時趕工弄出一塊碎石地，上頭鋪了張薄墊，米優跪坐在那裡。
貝爾站在米優面前質詢。
「妳的意思是，這次事件完全是偶然造成的意外吧？」
對於貝爾的質疑，米優沒有回答。回答的是站在米優身旁的葛沃。

「是的，全是偶然。這是偶然碰上偶然形成的意外，我主張被告的清白。」

看來葛沃是米優的辯護人。

「那麼，證人，現在允許妳發言。」

貝爾這麼說完，有人舉起手。那個人是在「五號村」工作的娜娜。

「我確認到『夏多市』發生爆炸後，前往『夏沙多市鎮』拘捕米優，但是她已經逃跑了。動作如此迅速，就是她故意的證據。」

於是葛沃反駁：

「不，被告並非逃走，只是為了確認事態而採取行動。」

聽了葛沃的反駁，貝爾開口確認：

「報告指出，娜娜是在魔王國的王都抓到米優，她去王都確認事態嗎？」

對於貝爾的質疑，葛沃啞口無言。此時娜娜乘勝追擊。

「米優前往王都找上烏爾莎小姐、阿爾弗雷德少爺和蒂潔爾小姐，請他們幫忙說情。如果是意外，想來不需要說情吧？」

一點也沒錯，很有道理。

「……看來有結論了。」

貝爾這麼說完點頭看向葛沃。

「不、不對，請等一下。之所以拜託烏爾莎小姐他們幫忙說情，是關於造成困擾一事。這是純粹的自保行為。這樣就把意外認定為故意，恐怕還太早了。」
「太早了嗎……但是，如果是為了自保，米優不該去王都，而該來『大樹村』不是嗎？為什麼沒這樣做呢？」
「唔唔……」
「看見爆炸之後，米優發現事情不成，連忙逃向王都。接著又發現娜娜在追捕自己，於是找烏爾莎小姐他們哭訴。以上這番推論，難道都是我的想像嗎？」
貝爾儘管以溫和的語氣質疑葛沃，卻始終以犀利的眼神盯著米優。
「……繼續辯解下去實在難看，我也認同被告有罪。」
葛沃放棄了。米優絕望地看著他。
然後，米優就這麼笑了出來，轉頭瞪向貝爾。
「我是無辜的！這一定是安排好的陷阱！有人想陷害我！只要去調查，就一定可以查出真相！」
她的音量大到像是要補回先前沉默的份，可是貝爾不為所動。
「我明白了。那就在將妳處刑之後展開調查吧。處刑人，把她帶下去。」
「慢、慢著，請等一下。我是無辜……」
蒙面處刑人們壓住米優，準備將她帶走……就在這時，伊雷闖了進來。
伊雷快步走近米優，一把抓住她的頭。
「妳剛剛那是什麼演技！妳可是要因為冤罪而被處刑耶！只做這點程度的抵抗，妳就認命了嗎！還有，妳應該用更有殺意的眼神去瞪放棄辯護的葛沃！要用『這傢伙也是敵人』的心態瞪他！妳的周圍全都是敵人！不要忘記這點！然後劇本要修正！最後的臺詞拿掉。對，就是無辜云云那段。給我用表情把它演出來！」

「呃，你要求外行人做那麼困難的表演……」

「那要換人嗎？」

「唔……我演。」

「答得好。超越我的期待吧！」

伊雷這麼說完鬆開手，轉向貝爾。

「貝爾，妳剛剛演得真好～太精采了。雖然很想就這樣繼續，能不能讓我稍微修正一下劇本呢？不不不，都是我這邊不好，貝爾的演技沒有問題喔～嗯，所以最後那一幕啊，既然要讓米優用臺詞以外的方式演出，那麼妳這邊的臺詞也得配合那邊稍微改一下。沒關係？謝謝！那麼，就這種感覺……」

伊雷對於不同演員的態度完全不一樣，這樣行嗎？米優露出「主角明明是我」的表情喔？

伊雷完全沒放在心上。

為什麼要拍攝這種東西嗎？有個不怎麼複雜的理由。

事情的開端，就是拍攝中提到的「夏多市」那場爆炸。先遣隊沒受害，爆炸理由也得到古吉的解釋，我認為事情已經解決了。

然而，有人不這麼想。

那就是以「四號村」貝爾為首的諸位墨丘利種。

他們懷疑，帶來「夏多市」調查委託的米優企圖暗殺我。

當然，米優應該根本沒這種念頭。更何況，就算米優真的想暗殺我，想來也不會用那種不夠確實的方法。

我用這個理由說服貝爾，並且派娜娜去「夏沙多市鎮」找米優，讓她親口說明自己的無辜。

然而米優不在「夏沙多市鎮」，她利用短距離傳送門逃往王都。得知米優在王都拜託烏爾莎他們說情之後，貝爾更火大了。

「那孩子（米優）從以前就是這樣！」

數天後。

捆得結結實實的米優被帶到我面前。縱然她還想抵抗，貝爾和葛沃則表現出一副願意接受任何處置的態度。

不，那場爆炸是意外吧？要用什麼罪名審判米優啊？就算你們說隨我高興，我也不知道該怎麼辦啊……這個世界的審判是怎麼做的？

順帶一提，烏爾莎、阿爾弗雷德和蒂潔爾送來了米優的減刑請願書。送到歸送到，卻是「米優說自己是無辜的」這種內容，完全感覺不出三人有要庇護她的意思。應該可以對米優再溫柔一點吧？

無論如何，現場的氣氛就是非得給米優一點處罰不可。

我倒也不是受到氣氛影響，不過……

「墨丘利種（貝爾他們）似乎想要洗清嫌疑，給米優一點小小的處罰就行了吧？」

露給出這樣的建議，所以我思考該怎麼處罰，左思右想。

在我看來這個處罰很輕，為什麼米優滿臉恐懼啊？陪今年出生的小黑子孫們玩一天，感覺算不上什麼處罰呀？

結果。

米優成了電影女主角。

至於電影內容，因為我想要知道一般的審判是什麼樣子，於是決定拍法庭劇。思考處罰時伊雷正好過來，造成了不小的影響，這點我有自覺。

之所以在米優跪坐的地點準備碎石子地，應該是貝爾給米優的處罰吧。鋪在上面的薄墊，則是源自葛沃的溫柔。

不過嘛，說是電影，但也只是八分鐘左右的短片。

由於只在「大樹村」公開，比較像是製作其他電影之前的試拍。

「咦？不對外公開嗎？」

露很驚訝，但是這部短片不會在村外公開。畢竟米優演反派，還落得悲慘的下場嘛。我不打算罰得那麼重。

「不過，這麼一來伊雷下的工夫……」

在露的催促下，我到拍攝現場觀摩。

嗯～真刺激。

伊雷啊，我覺得導演可以不用那麼激動喔。還有，米優覺醒了沒什麼意義的演員魂。受到米優帶來的震撼力影響，貝爾和葛沃也演得很精采，很厲害喔。

不過，呃，那個……嗯，我還是傾向別對外公開。這部短片就當成只能在村裡觀賞的夢幻作品吧。

## 9 爆炸的善後工作

爆炸有可能導致危險物品飛散到周遭地區。

古吉這麼表示，於是米優聽到後轉告「夏沙多市鎮」的伊弗魯斯代官。

結果——

在「夏沙多市鎮」代官的命令之下，「夏多市」與鄰近地區禁止進入。預定持續到古吉率領部下確認完沒有危險物品為止，不過這點尚未對一般大眾公開。

當然，我們預定要進行的調查也暫停……不對，是終止。真遺憾。

不過，我一來不想去危險的地方，二來也不想讓人陪我去危險的地方。所以，結果正好。

讓先遣隊莉格涅和三名混代龍族涉險，我覺得很不好意思。

雖然莉格涅她們表示調查有沒有危險就是先遣隊的工作，因為我會過意不去，我讓四人在「五號村」悠閒地休息一陣子。

讓她們待在「大樹村」也行，不過娛樂方面應該還是「五號村」比較多樣嘛。

總而言之，最後談好由我支付約十天左右的住宿費與餐費。照理說已經談好了才對……莉格涅和三名混代龍族卻出現在「大樹村」，而且正在面對爆炸。

妳、妳們在做什麼啊？從爆炸下自保的實驗？

莉格涅跑得掉，所以毫髮無損；三名混代龍族則遍體鱗傷……不，遍體鱗傷的好像只有歐潔斯吧？因為歐潔斯擋在前面嗎？

怪了？歐潔斯不是對火焰有抗性嗎？為什麼會滿身傷？火焰和爆炸不一樣？

「夏多市」的爆炸主要是火焰，所以撐得住？我搞不太懂，原來是這樣嗎？唉，別太逞強嘍。

拿歐潔斯當盾牌的兩人，在研究盾牌的角度前先關心一下歐潔斯。還有，露、蒂雅，爆炸的威力弱一點。聲音和震動會嚇到動物們。

咦？村裡的動物不會因為這點程度的爆炸就嚇到？確實馬和雞看來都沒當一回事啦，不過有一些還沒習慣喔。像是飛馬。牠們被爆炸聲嚇得逃進森林裡嘍。呃，雖然隊伍排得很整齊，牠們應該很害怕。

畢竟牠們就算看見我，還是想往森林裡衝。小黑的子孫們都擔心地追了上去……咦？因為被追趕才逃進森林？唉呀，沒差啦。

總而言之，爆炸的威力壓低一點，拜託了。

我這麼交代著，和飛馬搜索隊會合。

所有飛馬都順利找到並保護起來了。

找到飛馬的是小黑的子孫們，負責保護的則是座布團的孩子們。

因為飛馬們用飛的，所以用絲線綁……更正，保護。

嗯，我明白飛馬你們對此有怨言，但是已經有好幾隻遭到魔物和魔獸襲擊而身陷險境，希望你們諒解人家動用絲線的原因。你們剛剛就太過激動，結果沒聽我們的指示對吧？一直要等到平常照料你們的獸人族女孩們抵達，才肯安靜下來。

沒受傷吧？只有被綁起來造成的壓力？既然還有力氣抱怨，代表沒事了。有關爆炸的事，我向你們道歉，所以回牧場區吧。我會拿剛採收的南瓜和地瓜給你們。

嗯？還想要紅蘿蔔？知道了、知道了。不過，也會給馬牠們吃喔。

如果只給你們，馬牠們會鬧脾氣嘛。明白就好。

啊，這些話讓牠們聽到也會鬧脾氣，別傳出去喔。

將飛馬們帶回村裡，照約定準備好南瓜、地瓜和紅蘿蔔後，我回到宅邸，古吉已經在等我了。

危險物品搜索完了嗎？

他表示回收了三件大型危險物品和十六件小型危險物品。危險物品果然散落各地了嗎？禁止閒雜人等進入的伊弗魯斯代官真是優秀呢。

為了保險起見，想要再搜索幾天？也對，安全第一。那就拜託你了。

然後……你來這裡是怎麼回事？不會只是為了報告吧？

來問我要不要確認危險物品？很感謝你這麼細心，但是我信任你喔。

我不覺得你會濫用危險物品，所以東西就由你們處理。畢竟那些東西本來就是你管理，所以你知道該怎麼搞定吧？交給你嘍。

聽到我的回答，古吉鄭重其事地鞠躬。動作真是漂亮。

如果伊雷在場，鐵定會把這一幕拍下來。

等到禁令解除之後，再去看看發生爆炸的地方……還需要嗎？本來當成攝影專用城鎮的方案，因為爆炸而告吹，米優已經在挑選其他地點。

她看上了成為短距離傳送門中繼點的幾個村子。畢竟在交通方便這一點上確實沒得挑剔，說不定她還有考慮當成觀光景點來開發。

而且戈隆商會的麥可先生好像也提供了協助。

對了，這麼說來有兩封為米優求情的請願書。

來自「夏沙多市鎮」的伊弗魯斯代官，以及戈隆商會麥可先生的兒子馬龍。

這兩封信好像在剛聽到米優被捕的消息時就送了，但因為從正規管道遞送，來得比較慢。

唉，雖然我不打算追究米優的責任，再加上事情已經結束，這兩封請願書都沒發揮作用，不過看得出他們很重視米優。特別是伊弗魯斯代官。

信上仔細描述了米優的勤勉以及她對於「五號村」的注重，表示米優被捕一定是出了什麼差錯，應該重新調查。這封信讓我學到了請願書的正確寫法，改天拿給阿爾弗雷德他們看看吧。

順帶一提，馬龍那一封……

上面寫著一旦米優不在，夏沙多大屋頂相關事業都會癱瘓，所以如果要處罰，希望至少能留下她的頭和手。

……這實在不能給阿爾弗雷德他們看呢，嗯。

最好也別讓米優看到，藏起來吧。

10 紅色的羊與聖女

我來到位於「五號村」山麓的牧場。這裡飼養的牛羊看起來很有活力，全都隨心所欲地活動，看見我也不會逃。

幸好在來之前消除了身上的氣味。

以前來這裡參觀時，大概是身上留有小黑牠們的氣味，結果牛羊全都拔腿就跑。牠們全都擠在牧場一角，還有好幾隻昏了過去。

當時真的很抱歉。

從那之後，每當離開村子時，我都會拜託露或蒂雅消除我身上的氣味。擔任護衛和我同行的格魯夫和達尬也是。

不過回村時，小黑牠們還是會一起湧上來留下氣味。這點小事就接受它吧。

好啦，我造訪位於「五號村」山麓的牧場是有理由的。

因為聽說這座牧場有隻不可思議的羊。

我在詢問牧場人員是哪一隻羊以前就找到了。嗯，多半就是那隻羊。

儘管怎麼看都是，還是先確認一下吧。

不好意思，打擾一下，請問你是這座牧場的人嗎？咦？牧場管理員？真是不好意思。哪裡、哪裡，平常承蒙你們關照。對，聽說有隻不可思議的羊……是的，所以說是那隻嗎？

「就是那隻。」

果然是那隻啊？

比其他的羊大一圈，有對漂亮的角。而且體毛是紅色。其他的羊都是白色、灰色或黑色，所以紅色非常顯眼。

……會是染的嗎？當然，這座牧場沒做那種事。

按照牧場管理員的說法，似乎是不知道什麼時候冒出來的。雖然也可能是某人放進牧場的，這麼做沒好處。

更何況，這座牧場在「五號村」警備隊的巡邏範圍內。就算是半夜，帶著那麼顯眼的羊不可能沒被發現，應該可以排除第三者的存在。

這麼一來……表示牠是自己來的嗎？

不過嘛，如果只是個頭高大和紅毛，倒也算不上什麼問題，讓牧場照料即可。這麼一來就解決了。

「不，關於這件事……」

牧場管理員吞吞吐吐地告訴我。

「只是突然出現，稱不上不可思議。那叫做走失。」

……確實如此。

換句話說，那隻羊還有什麼特殊之處嗎？

「那個，我想您看了就會知道，其他羊都不會接近那隻羊對吧？」

是啊。

「一接近就會睡著。」

⋯⋯⋯⋯啥？

「一接近就會睡著喔。」

只是靠近那隻紅色的羊？

「是的。只要遠離那隻羊就會醒來。聽那些睡著過的人說，好像是不知不覺間就進入夢鄉了。」

簡直就像魔法呢。

「對，來自『夏沙多市鎮』的魔法師們說，那隻羊隨時都在使用魔法⋯⋯」

儘管我不太明白，意思是那個魔法一直有效嗎？

總而言之，要先了解它的威力和影響範圍⋯⋯就在我閃過這個念頭時，格魯夫抓了一隻飛過附近的小鳥。

格魯夫，你要拿那隻小鳥做什麼？

「握住牠的腳免得牠逃走⋯⋯然後像這樣靠近就知道了吧？」

格魯夫把拿著小鳥的手臂向前伸直，朝羊走去。

原來如此，要是進入魔法範圍，小鳥會先受到影響是吧。

「這是冒險者常用的方法。」

哦~雖然對小鳥很抱歉，這麼一來就能弄清楚會睡著的距離了呢。

我們原本這麼想，結果羊一看見格魯夫就朝他衝過去，結果格魯夫和小鳥都睡著了。格魯夫，你沒事吧！

你剛剛走著走著就昏睡過去，看起來像是腦袋著地耶！

「沒事，他有好好保護頭部。雖然似乎放掉了小鳥……魔法的距離差不多是三個成年人張開雙手那麼長吧。」

聽到仍舊保持冷靜的達尬這麼報告，讓我鬆了口氣。

羊一遠離格魯夫，格魯夫就醒了。

「真是抱歉，我大意了。」

不，重點是有沒有受傷？

「是，沒問題。」

小鳥看來也沒事，就這樣飛向遠方……飛到紅色的羊附近就掉下去了。

嗯～我本來還在想，如果只是讓人睡著，其實可以放著不管……可是牠的存在就是種危險。非得處理掉不可嗎？

正當我抱著這樣的念頭看著羊時，遠方有人呼喚我。我認得這個聲音，是聖女瑟蕾絲。

「不好意思，村長，那隻羊是我們這邊的關係人……不，關係羊！」

我知道了，所以妳先冷靜一點。身上的衣服也亂嘍。還有，那些應該是追著妳過來的教會人士，麻煩妳搞定他們。

「咦？啊，不好意思。然後，呃……護衛怎麼可以比我慢！」

喂喂喂，對人家溫柔一點啦。他們全都氣喘吁吁耶。

「但是，只因為我突然跑起來就落後這麼遠，實在有點……」

我覺得妳的速度相當快喔。

「因為有段逃亡時期……唉，這點小事算不上什麼，嘿嘿嘿。還有，羊給您添麻煩了。」

喔，妳剛剛說是你們那邊的關係羊嘛。

「其實我也是第一次親眼看見……呃…………請您附耳過來。」

嗯？

瑟蕾絲小聲告訴我實情。

「那隻羊本來應該去更東邊的國家，不過牠好像走失了，所以來了神諭要我保護牠……」

神諭？咦？啊，不，因為是聖女，所以聽得到神的聲音嗎？

「關於這點，前陣子不知道是不是狀況不佳，在『大樹村』以外的地方都聽不到神的聲音，不過最近又開始聽得到了……而且，我聽得出神在說什麼。」

之前聽說神諭只是為神的聲音代言，聖女並不知道祂們在說什麼……這表示瑟蕾絲有所成長了嗎？

「不知道耶？只不過那個神的聲音和之前不一樣，感覺地位比較低耶～」

哦？雖然不太明白是怎麼回事，這不就反過來表示瑟蕾絲的層級提升了嗎？

「可是這段時間我都在賣煎餅和糰子……」

聖女瑟蕾絲也是「甘味堂科林」的代理店長。

「雖然這麼做賺得到錢，有助於教會的營運。」

那就好。所以說，妳要把這隻羊帶走嗎？

「是的，不好意思讓事情鬧得這麼嚴重。就在委託搜索的冒險者和我聯絡時，聽到陽子大人說村長要來這裡，於是我趕緊過來。」

所以才跑得那麼慌張啊？

「讓您見笑了。那麼，我可以把牠帶走嗎？」

嗯，這倒是無妨，不過……

我還來不及提醒，瑟蕾絲就靠近紅色的羊，就像暈倒一般昏睡過去。

在瑟蕾絲的頭撞倒地面之前，達尬已經衝上去抱住她，所以她看起來沒受傷，真是太好了。達尬，接得好……不過達尬也睡著了。

## 11 聖女和陽子

只要有人靠近紅色的羊，都會睡著。換句話說，沒有人能靠近牠。

咦？這下子瑟蕾絲要怎麼把牠帶走啊？

醒來的瑟蕾絲、達尬和格魯夫站在稍遠處守望那隻紅色的羊。牧場管理員回去工作了。畢竟牧場裡不是只有紅色的羊，還有其他牛羊嘛。瑟蕾絲的護衛則在周邊戒備。

「這樣下去也不是辦法，稍等一下，我問問對策……」

瑟蕾絲開始冥想，藉此和神對話。看起來好厲害。感覺神一口氣變得很貼近我們。

「不，與其說是對話……不如說是意志與意志的碰撞，想要交流很難……是的，就算要我理解羊的叫聲，我也做不到啊……狐狸？」

結束冥想後，瑟蕾絲表示陽子知道怎麼處理紅色的羊。

原來如此。和神有關就該找陽子啊？

我請格魯夫跑一趟，把陽子找來。

「把牠打昏就行了。」

陽子提供的方法很簡單。

可是會不會太粗魯啊？

「話是這麼說，但牠害怕成那樣，已經聽不進任何人的聲音了。」

害怕？看不出來耶？硬要說的話倒是有種悠然自得的感覺。

「野獸不會那麼簡單示弱，所以只是看起來像而已。牠很害怕喔。」

是這樣嗎？

「嗯，所以才會發動睡眠魔法吧。最好的辦法是瞄準牠的角，遠遠地丟石頭。」

慢著、慢著，別把石頭交給格魯夫和達尬。這樣不是讓羊更害怕了嗎？

「放著不管就會一直這樣下去喔。」

這就頭痛了……別準備長竿。你們打算用這玩意兒打牠嗎？喂，我在想辦法，不要攻擊牠。

一聽到牠在害怕，就讓人覺得必須保護牠。

嗯？怎麼啦，瑟蕾絲？又是神諭嗎？

「不太清楚是怎麼回事，不過在道歉……呃……類似害我們這麼費心很不好意思的感覺？咦？」

真的是神諭。

「那個，按照神的說法……呃……如果那隻羊願意待在這個牧場，那麼維持現狀就行了。」

聽到瑟蕾絲這麼說，陽子的臉色變得很難看。

順帶一提，這座牧場由「五號村」出資經營。換句話說，牧場代表就是我這個「五號村」的村長。

……代理村長（陽子），交給妳了！

「……紅色不行。把牠染成白色，這是條件。」

陽子一這麼說，紅色的羊瞬間變成了白羊。

咦？牠聽得到我們說話？

「……不，看來是神那邊處理的。」

是這樣嗎？該說神很積極，還是神很貼近我們呢……

「是啊，這種狀況實在不該發生。抱歉村長，這隻羊還請保密……不，最好是忘了牠。」

我、我知道了。

「還有，可能是因為聖女就在這裡，你才會這麼說，神其實沒這麼貼近我們。雖然我想應該不用擔心，還是請你別太依賴神。」

嗯，那當然。

神已經幫我夠多了，我不會對神要求更多。

「那麼，接下來交給我就行了。」

知道了，交給妳嘍。

「嗯。」

那就回村吧。格魯夫和達尬沒問題吧？

原本以為聖女瑟蕾絲也會和我們一起離開……

「啊，聖女可以留下來嗎？有些和羊有關的事要向妳確認。畢竟我們不能搞錯神的意志嘛。」

但是她被陽子攔住了，事情看起來有點複雜。

其實等她們談完再一起回去也行，可是瑟蕾絲也希望我先離開，於是我們先走一步。

反正護衛們也在，應該不會有問題吧。啊，離開要和牧場管理員說一聲才行。

……………

結果我只是來看紅色的羊而已。

算了，偶爾也會有這種日子吧。

「那麼，聖女啊。」

「我在。要談羊的事對吧？」

「羊的事也要談，但我還有更重要的事必須告訴妳。護衛們，請你們離遠一點。」

陽子這麼說，於是瑟蕾絲的護衛們紛紛拉開距離。

「不能被別人聽到嗎？」

「畢竟和神有關嘛，知道的人少一點比較好。先前妳曾為了聽到高階神的聲音而刻意去聆聽，還記得嗎？」

「當然。我每天都為此祈禱。」

「我想也是。可能是祈禱生效了吧，現在只有一部分神的聲音會傳到妳這裡。」

「是這樣嗎？」

「嗯。雖然很值得高興……因為那一部分神的關係，使得妳現在聽得到動物神的聲音了。」

「……啥？動物神？」

「這次是羊神吧。要弄清楚對方的意思很難吧？」

「確實是這樣……咦？這又是為什麼？」

「這不是我能回答的問題。妳只要理解現在是這樣就好。只要理解這點，就能在一定程度上挑選妳要聽的聲音。」

「……我、我知道了。」

「短時間內大概會有點吵，妳就把它當成考驗，好好努力。我這邊也會要祂們別有事沒事就對妳說話，不過……」

「神不會在意我們是否方便吧。」

「會在意的神也很多。只不過，動物神比較衝動……有時會沒辦法自制。」

「我、我有心理準備了。」

「如果真的受不了，就找我或妮姿商量。」

「麻煩您了。」

「嗯。我要講的就是這些。」

「呃……那麼羊呢？」

「那隻羊本來預定要去接受成為羊神使者的修行……不過上面表示希望暫且讓牠在這邊悠閒地待一段時間。」

「這樣好嗎？」

「羊神是這麼說的，應該無妨吧。反正能當神使的應該也不止這隻羊。」

「牠是因為太害怕而被拋棄了嗎？」

「神不會這樣就拋棄牠。不過嘛，大概也是對於自己的急躁有所反省吧。」

「急躁……羊神嗎？」

「想來是吧。要不然，這隻羊不可能在移動途中走失。」

「…………」

「嗯？怎麼啦？」

「不，我只是在想，陽子大人比我更了解神又能和神溝通，不是比我更適合當聖女嗎？」

「哈哈哈，我只能聽到動物神的聲音，沒辦法像妳那樣聽到遠比祂們更為高層的神明之聲。」

「遠比祂們更為高層嗎？」

「嗯。然後和聖女相比，我遠遠不如。妳要有自信。」

「哪有什麼不如…………謝謝您。」

「嗯。那麼回去吧。」

陽子把瑟蕾絲的護衛們叫回來，目送瑟蕾絲返回「五號村」。

等到瑟蕾絲的身影完全消失，確認周圍沒有別人之後，陽子對那隻紅毛變白的羊怒吼：

「雖然我對村長說你怕得聽不進別人的聲音，你聽得很清楚吧！什麼走失！明明是你自己逃跑的！哼，你有資格說自己不想當神使嗎！不，我沒差。我是當上神使之後才逃的，沒有逃避成為神使的修行！夠了，別湊過來！你這個連人形態都變不了的新手！」

儘管諸多抱怨，陽子依舊拜託牧場管理員為這隻羊安排適合的環境。

當然，她也沒忘記命令羊保護牧場。

「照顧你也是需要花錢的。你好歹該做這點小事。」

羊以很難為情的聲音回應陽子。

## 閒話 神的惡作劇

我是無名神。以前有名字，負責叫做那個名字的動物，但是在那種動物滅絕後就失去了名字，現在無業。

不，一來我並沒有脫離神的社群，二來上面的神還是交代了工作給我，所以和無業不太一樣。

那我算什麼呢？……沒有負責作者的編輯，但是會幫忙其他有負責作者的編輯，大概類似這種感覺？很難懂？抱歉。

趁著道歉，我們換個話題。各位知道聖女嗎？

基本上，神不能干涉地表。然而，要是有什麼事情非得告訴活在地表上的生物，可以透過聖女發布神諭。

不過這種神諭頂多由那些身負重任的神商量後發布，我們這種基層的神做不到。就算想做，聖女那一邊也不會接受。唉，雖然我也沒有什麼神諭要給就是了。

我原本是這麼想的。

某天，我突然發現。

我能對聖女發布神諭。不，與其說是神諭，不如說是對話……也不是話語，應該算意志吧。我能將自己的意志傳達給她。

這讓我很驚訝。

然後，我思考為什麼。難道聖女周圍有什麼重大的變化嗎？

本來負責的動物絕種之後，我對地表就沒什麼興趣，這件事讓我仔細觀察。

……她旁邊有個地位非常高的神耶。

那是降臨地表後遭到封印的神吧？咦？我沒聽說耶？

不不不，我知道那位被封印的神。因為諸神向來缺乏話題，那件事讓大家聊了很久。

然後，那位聖女為了聆聽就在附近的高階神聲音，對頻率做了奇怪的調整……啊，不過這麼一調，應該會讓聖女聽不到其他神的聲音……

我不太了解詳情，不過先前似乎有過一場「沒辦法給聖女神諭」的騷動。喔，果然啊。

可是，為什麼我能傳遞自己的意志過去？

那位高階神變成了貓吧……換句話說，動物類的通行證就能過？咦？也就是說，其他動物神也能傳遞意志？

先等一下，我試試看……不行啊。是不是該更接近貓一點呢？

喵～

成功了！聖女非常驚訝，以為附近有貓！哦哦！

可是，嗯，就算成功又能怎麼樣呢？

我負責的動物已經絕種，就算能傳遞意志給聖女也派不上用場。

總之，我只有叫她愛護動物，這樣就心滿意足了。

接著再把這件事向高層的神報告就好……唉，也不用那麼急吧。我想沉浸在只有自己能向聖女傳遞意志的優越感裡。嗯，大概沉浸個一百年吧。呵呵呵。

有別的神看見我在偷笑。其他動物神。

當然，祂們和我一樣，只要模仿貓就能傳遞意志。

喂，不行啦。大家都講幾句會給聖女添麻煩！你們忘了高階神就在附近嗎？地表沒辦法對我們這邊出手，在祂回來之前都不用擔心……在祂回來之前，你們要一直提心吊膽地度日嗎？我可不想喔。

我試圖阻止祂們。嗯，我試過了。盡力阻止過了。

但是，我也明白動物神們憋不住的心情。我懂。

畢竟這是讓聖女知道動物神存在的好機會。只要聖女知道，就能讓人知道。於是這會成為信仰，人會向我們獻上祈禱。

那麼當然要趕上這個潮流！我無法違逆這種趨勢。

唉，要是被高階神知道會挨罵。

我是不是該趕快去報告呢？不，這時候去報告會被其他動物神懷恨在心。我該怎麼辦才好！

總而言之，我讓其他神排隊。大家照順序來。嗯？羊神，你有急事就排隊……預定的神使出事了？就在聖女附近？知道了、知道了，不好意思，隊伍順序要稍微調整一下喔。

還有不要鬧。會被那些因為沒辦法使用神諭而煩惱的神發現。

要笑我只是把問題延後處理就笑吧。我已經盡力了。嗯，我很滿足。

享受高階神發現之前的短暫平穩吧。

……唉呀？

地表的神使似乎傳來了怨言，要我們別給聖女帶來困擾。

是不是加上時間限制比較好啊？

Farming life in another world.

# Chapter,2

*Presented by*
*Kinosuke Naito*
*Illustration by*
*Yasumo*

〔第二章〕

## 旅行商人

01.鐵之森林　02.沒怎麼使用的道路　03.超強魔物棲息的森林　04.加雷茨森林
05.強大魔物棲息的森林　06.戈恩森林　07.五號村　08.夏沙多市鎮
09.魔王國主要街道　10.相對安全的平原

## 間話　鳩羅商隊　前篇

我的名字叫做鳩羅，是個旅行商人。

雖說是旅行商人，卻不是只有我一個人。我率領一支規模不小的商隊，有七輛大型載貨馬車，十輛小型載貨馬車，以及超過六十人的部下。

換句話說，我是個還算有本事的商人。

…………

抱歉，我說謊了。我率領的商隊規模超出自己的實力。

以我真正的實力來說，再怎麼努力也只管得了一輛小型載貨馬車。部下也只需要兩個親戚就夠了。

這點我一清二楚。

我之所以率領這麼大的商隊，是有理由的。因為某個國家的委託。不，那應該不能叫做委託，而是威脅吧。

「我想送支部隊去調查魔王國，部隊總共六十人。要讓這麼多人自然地潛入魔王國，你覺得該怎麼做比較好？」

傍晚，為了找旅店而在街上到處晃的我，被帶到陰暗的房間裡詢問這件事。

老實說，我根本不記得自己怎麼回答。我只知道我以為會被殺掉，所以拚了命地擠出回答。

就結果而言，我收下工作五十年也賺不到的預付款，率領扮成商隊的部隊前往魔王國。我認真考慮過要逃跑，但是敗給了預付款的吸引力。

有了這筆錢，就能擁有一支屬於自己的小型商隊。只能拚了。

目的地是王都。只不過也預定要在途中調查「夏沙多市鎮」。

從目前所在地前往「夏沙多市鎮」走海路最好，但是他們對於來自人類國家的船隻會嚴格檢查。「夏沙多市鎮」的檢查更是嚴格得出了名。

因此，我們先繞一大圈前往其他港口，再走陸路朝「夏沙多市鎮」移動。我起先擔心其他港口的檢查也會很嚴格，但好像勉強過關了。應該過關了吧？現場的氣氛有點危險，所以我沒有詢問詳情。

途中十分平穩。為了拿些成績給人看，所以這段期間都只是普通地做生意。

我以前從沒經手過這麼多貨，有點開心。

「隊長，我向這個城鎮的人打聽過了。距離鄰村雖然只有兩天路程，那裡有可能買不到糧食。能採購糧食的城鎮，好像需要花上五天。」

我知道了。

考慮到緊急狀況，我下令確保十天份的糧食和飲水。扮成商隊的人員全都乖乖遵從我的指示，沒有怨言。儘管這麼做是為了讓我們看起來像個商隊，還是幫了大忙。

就我和他們交流的感覺，這些扮成商隊的人都受過一定程度的教育。我想裡面應該有幾個身負貴族血統吧。

我雖然是商隊隊長，這只是扮演的角色。地位還是那些扮成商隊成員的人比較高，我只是底下負責辦事的人。

所以，他們也有可能不聽我的交代……可是這批人訓練得很好。不，應該代表任務重要到不能因為這點小事而失敗吧？

啊，不行、不行。我是旅行商人，商隊的隊長。

這些假扮商隊的人是誰、有什麼任務，都不是我該在意的。我該留心的是能賣什麼、能買什麼，還有這兩天的天氣。

嗯～明天清晨好像會下雨，得好好想一下野營的地點才行。

商隊的陸路旅程，持續了大約一年，我們逐漸接近「夏沙多市鎮」。

當然，途中會聽到「夏沙多市鎮」的傳聞。

「應該是近年發展特別興盛的城市吧？喔，不過木材之類的賣不掉喔。如果要帶東西過去，選調味料之類的比較好。」

「畢竟是魔王國特別重視的城市嘛。警備人員多，所以治安很好。」

「在那個城市，戈隆商會的勢力很大。不過他們不會排斥別人，只要遵守禮節就能做不少生意。」

「那裡有些店的料理似乎非常好吃，一旦去了那邊就會不想往別的地方走喔。」

「那邊好像流行一種叫做棒球的球類遊戲。據說還有國內的大人物參加。」

「如果東西特別，就算量不多，戈隆商會好像也願意收購。不過我也聽說，要是吹牛吹得太誇張，會有很恐怖的事發生。」

「人家說那裡有能夠靠魔法移動到遠方城鎮村落的設施，不曉得是真的嗎？」

「統治那座城市的，似乎是個幼小的女僕喔。不，真的。我沒有騙你啦。據說幼女僕的地位比那座城市的代官還要高。」

諸如此類。

唉，雖然應該有些是誤傳，還是先記下來吧。畢竟裡面搞不好有牽扯到生意的消息。

嗯，幼女僕云云應該已經超出誤傳的範疇，可以當成假的吧。

可是……

「隊長，這裡也聽到有關『五號村』這個村子的消息。據說那裡和『夏沙多市鎮』差不多大。」

假扮商隊的成員之一拿這個當話題找我聊天。畢竟大家都待在一起一年了，多少會閒聊。

「我聽到的不是『五號村』，而是『五號鎮』喔？」

「是不是『五號村』發展起來之後成了『五號鎮』啊？」

「『五號村』和『五號鎮』不是兩個地方嗎？」
老實說，都是一些令人懷疑是否存在的消息。比方說什麼經常有龍飛來、大老虎買了一堆酒，還有蛇巫女……
「五號村」或「五號鎮」似乎就在「夏沙多市鎮」附近，但是很難判斷那些消息究竟有幾分是真的。搞不好是為了隱瞞「夏沙多市鎮」的某些東西才產生這些謠言。
不過嘛，這些只要去到「夏沙多市鎮」就會知道了吧？就算搞不清楚，假扮商隊的那些人說不定也會去調查。希望他們別做些危險的事。
儘管也是為了我自己的安全著想，大家畢竟共同行動一年了，這點擔心還是會有。縱然我講了，他們大概也聽不進去就是了。
我輕輕嘆口氣，讓商隊往一開始的目的地「夏沙多市鎮」前進。再過十天左右就會到了吧——假如途中沒出意外。
希望能在秋天之前抵達。

## 閒話　鳩羅商隊　中篇

我的名字……唉，沒辦法報上姓名，隨便喊就好。那麼，就叫我丹吧。嗯，丹。感覺還算不錯吧。

好啦，現在我已經潛入魔王國，目的是調查。這是個一旦失敗就有可能喪命的危險任務。我希望自己能維持緊張感，好好和夥伴合作。

希望歸希望……夥伴們卻在我面前為了咖哩口味吵成一團。

以牛肉為主材料的牛肉咖哩派、以豬肉為主材料的豬肉咖哩派、以雞肉為主材料的雞肉咖哩派、以海產為主材料的海鮮咖哩派、放上一種叫做「豬排」的油炸物的豬排咖哩派、搭配專門為咖哩開發出來的麵包「饢」來吃的那一派，以及認定饢配奶油雞肉咖哩最強的一派。

每個人都堅持自己選擇的味道最棒，互不相讓。

醜陋。真是一場醜陋的爭執。居然為了區區食物爭成這樣……

大家難道忘了，光是有得吃就該心懷感恩嗎？不是要你們別堅持味道，美味的東西當然比難吃的東西來得好。不過，這家店可以個別點餐，點自己喜歡的就行了。沒錯吧，隊長？

「嗯……咖哩烏龍麵，真是嶄新的體驗。了不起。」

…………

隊長，人家正想統整個結論出來，麻煩別再增加派閥。

咦？我的派閥？不，我並沒有……真、真要說的話……配料加滿滿派。我覺得另外再搭配菠菜和番茄最棒了。沒錯，放進什麼咖哩都可以。換句話說，只要所有派閥都集結在配料加滿滿派之下，不就能平息這場醜陋的爭執了嗎！

沒錯吧，隊長？

「咖哩炒飯……這也是種新體驗，好吃。」

…………

調查隊面臨最大的危機。

由於早就聽說「夏沙多市鎮」有新料理，包含我在內的所有人都非常期待，於是失控了。反省。

不過嘛，也是有些不得已的理由。咖哩太好吃了。

而且，搭配咖哩的米飯是我們國家也有生產的食物。有些國家不屑地說它只能拿去餵馬，但米飯是我們的靈魂食糧（Soul Food）。

我們已經離開祖國一年，一年來當成靈魂食糧的米飯我們連一口都沒吃到，會失控也是難免。而且在這裡吃到的米飯，比在祖國吃到的還要美味。

程度甚至誇張到，我們抵達「夏沙多市鎮」已經過了大約十天，卻一直在吃咖哩。

雖然也可以單點米飯，米飯就該搭配別的東西一起吃吧。咖哩就不成問題。

順帶一提，饢派其實是不願承認這裡的米飯比祖國還要好吃的那一派。

呼。

真是的，這麼好吃的米飯，到底是怎麼弄的啊？來到這個城市之前，我們根本沒見過稻田。魔王國偷偷生產稻米嗎？不，若是這樣就不會登上店家菜單了吧。
咖哩的價格也算不上貴。換句話說，這種米飯在魔王國應該很普遍。不，或許應該看成在這一帶很普遍。
也就是說……只要調查「夏沙多市鎮」周邊地區，就能夠知道這裡的稻米是怎麼種的嗎？這麼說來，還有「五號村」的傳聞呢。
那個地方好像真的存在，聽說從這裡過去大約要一天的路程。問過好幾個人都是這麼說，想來應該不會有錯。
會不會「五號村」就是種稻的據點呢？感覺很有可能。
……好想去調查，可是不能擅自行動。為了調查魔王國，我才會來到這個地方。拋開私心吧。
……
難道米是這座「夏沙多市鎮」的重要收入來源嗎？換句話說，它也是調查對象？會不會是這樣啊？
我向夥伴提議調查米的產地，夥伴沒有反對。
呼，大家果然有同感。
可是，也不能所有人都去「五號村」。畢竟目的是調查王都和「夏沙多市鎮」嘛，「五號村」只要挑幾個人去就行了吧。
要派幾個？五個？知道了，五個是吧。好，募集志願者。假如志願者太多就抽籤。

「我討厭抽籤——！」

我在「夏沙多市鎮」的廣場上吶喊。

一名不知什麼時候來到我身旁且看起來很強的魔族男性，一副非常認同的模樣點點頭。得到別人的理解，讓我很開心。雖然不知道這個人是誰。

啊，棒球隊教練嗎？我聽過棒球喔。會用到棒子和球的競技對吧？

等一下要比賽？那麼，能不能讓我觀戰……可以參加？但是我……原來如此，看來不止魔族，也有人類參加呢。換句話說，這是個魔族和人類都能享受的遊戲。

知道了，請容我盡一分力。雖然我不太清楚棒球的規則。

沒能去調查「五號村」讓我很沮喪，但是打完棒球之後就神清氣爽了。下次我要來支全壘打。

啊，不對，不能忘記工作。要調查這座城市。

不過現在才剛開始。別做些危險的舉動，先在街上聽聽傳聞吧。

…………

這座城市的北邊，好像出現了奇怪的魔像。

若要問有多奇怪，那就是它雖然是魔像，動作卻非常快，還會賣東西給你。

確實很奇怪。首先，魔像就是動作遲鈍的代名詞。這種東西居然動作很快？

……好想看。幸好它似乎不是什麼危險的存在，我一個人能調查嗎？

不，人家說從這座城市越往北走，越容易碰上危險的魔物和魔獸，而且盡頭那座山上還住著龍。這件事非常有名，甚至傳到了我的祖國。

雖然只要別主動出手，龍應該就不會對我做什麼……抱著走到哪裡算哪裡的心態去調查應該行吧。

我告訴夥伴們想去調查魔像，他們要我加油。

…………

沒有其他志願者嗎？

## 閒話 鳩羅商隊 後篇

我的名字叫做利格隆·亞威爾修塔特，出身於歷史悠久的伯爵家。我不是長子，所以肩上的責任不重。儘管如此，家裡還是嚴格教育我，要我不辱家名，因此我對使劍的本領有點自信。

然後呢，我正在執行潛入魔王國的任務。對了，潛入時我的名字叫做米克。

好啦，我跟著同僚丹前往位於「夏沙多市鎮」北邊的森林。他似乎想看看奇怪的魔像。

我說我不想看，叫他一個人去，但是他不理我。真是個霸道的男人。我本來明明想去調查南邊海岸那個什麼養殖場的地方。

算了，奇怪魔像的情報搞不好也會派上什麼用場，應該不至於白費力氣……

「要不要就在這附近找呢？」

我這麼向丹提議。

我和丹從「夏沙多市鎮」往北走了大約五天來到這裡。對於一般冒險者而言大概是八天到十天的路程……老實說，我不想再往前走了。應該說走不了。

先前我們都是沿著森林裡的道路移動，但是前面的氣氛完全不同，危險程度高出一大截。只有兩個人太危險了。

要前進至少應該有二十個人組隊。然而路很普通地往前延伸，彷彿要引誘人送死一樣。

「也對。前面實在太危險了。」

看來丹的判斷和我一致，這讓我鬆了口氣。接下來在這附近搜索三天，就算沒找到奇怪的魔像，丹也會決定回去吧。

希望能找到……

雖然沒找到奇怪的魔像，卻找到一處奇妙的城鎮。

儘管規模不小，別說居民了，就連路人都沒見到。這是一處廢墟。

之所以用奇妙來形容，是因為這片街景。道路平直，住家都蓋得整整齊齊。

這段時間我以商隊成員的身分巡迴魔王國各地，完全沒見過眼前這樣的街景。這裡是什麼地方啊？被拋棄的城鎮嗎？但是看起來又太乾淨了……

我看向丹。

「米克，我的看法是這樣——這裡會不會就是怪魔像的據點呢？」

……原來如此。

持續在廢墟裡活動的魔像，也算得上英雄故事的常客。

「我認為調查這座城鎮，很有可能會碰到奇怪的魔像，如何？」

調查這座城鎮？這裡相當大耶？三天絕對調查不完。

「喂喂喂，兩個人不可能調查完整座城鎮啦。不過……」

我看向丹所指的地方。

鋪上石板的平直道路？什麼都沒有啊？

「不會什麼都沒有。如果魔像在，就會留下痕跡。而且，我看得到那種痕跡。瞧，這裡。有人從這裡通過。就在最近。雖然不見得是魔像……以這種狀況來看應該是魔像吧？」

原來如此。

談到這方面的技術，我不如丹。雖然我也沒打算和他較量。

丹沿著路上某人留下的痕跡，抵達一間屋子。會是此地首長的宅邸嗎？很大。

我想要走進去，卻被丹攔了下來。

「那裡有機關，一踩就會啟動。」

…………

「米克，別去踩我沒踩過的地方。」

知道了，我可以留在這裡等嗎？嗯，看來不行。

接下來的調查緊張不斷。讓人不禁想問到底哪來這麼多陷阱。

丹拆掉陷阱，我把他拆掉的陷阱搬到外面。我們花了三天才突破。

然後我們抵達一個大房間。陷阱的設置顯然是為了保護這個房間，這裡無疑是個重要地點。

大房間裡裝了大量書籍。書上使用的文字很古老，我們看不懂在寫什麼，不過從豪華的裝訂能猜到內容應該相當重要。

房間裡這麼多書全都是這樣嗎？

「丹，這是大發現，回去帶夥伴來吧。」

無論是就地調查還是回收，都需要人手。而且，說不定還有別的東西。

「可是，我們還沒找到魔像。」

丹一臉不情願，但我還是硬把他拖出房子。陷阱這麼多的地方，怎麼看都不可能讓魔像自由行動。你也知道吧？

「也是……咦？那是什麼？」

丹看見屋外的魔像大吃一驚。

哈哈哈哈，很遺憾那不是丹期待的魔像。而是我拿丹在屋子裡拆掉的那些零件拼出來的擺設。

老實說，因為沒辦法自由行動的我閒著沒事做嘛。怎麼樣？嚇到了嗎？

「嚇到了。那可是威力強大的爆裂物喔？你居然敢拿來玩……」

咦？

「在搬運的時候，我交代過絕對不能摔到吧？」

確實說過……

「唉，沒仔細說明的我也有錯啦……」

大概是覺得仔細說明之後我就不會搬了吧。嗯，聽了之後我絕對不會搬。

所以，我不會再碰那個擺設了。也不會靠近它。

「與其說最好別靠近，倒不如說集中成那樣感覺能把整個城鎮都炸掉…………唉，也罷。我知道了，先回去一趟吧。」

我和丹拿了一本大到需要雙手抱住的書離開，當成說服留在「夏沙多市鎮」那些夥伴的材料。當然，我們也期待能夠拿這玩意兒換錢。

畢竟這些書保護得這麼嚴密，總不會毫無價值吧？

我和丹回到「夏沙多市鎮」。

途中和四名結伴的冒險者擦身而過時，我還在煩惱該怎麼蒙混過去，不過那幾個冒險者裡面有丹的熟人。雖然全都是女性，看起來很有實力。她們要去我們沒辦法進的森林嗎？

話又說回來，丹什麼時候認識她們的？一起打過棒球？喔，那個用棒子打球的遊戲啊？我原本以為丹只是在玩樂，居然還派得上用場呢。

「米克要不要也試試看？」

我就不必了。

「很好玩喔。」

知道了、知道了，有機會再說吧。總而言之，先把這本書拿回夥伴們那邊吧。

為了避免進城時引人注目，我們選擇在晚上回去……搬著這麼大一本書的我和丹，好像反而很顯眼耶？是不是該挑白天啊？

算了，反正只到夥伴們所在的旅店，距離不算遠。

我們原本這麼想，卻碰上了阻礙。

一名女性散發奇妙的氣息。從外表看得出來是魔族。不，應該是惡魔族吧。

「……有股香氣……我允許你們將手上的書拿給我看。」

我們連「要不要打？」都無法判斷。

不是強弱的問題。存在的層級相差太多了。要是惹這名女性生氣，我和丹就會沒命。我的本能這麼告訴我。丹應該也一樣吧。所以，我和丹打算乖乖照做，交出手上的書。

然而，有個聲音制止我們。

「那本書……怎麼會在這裡？不，這件事之後再說吧。那本書的所有權屬於我，就算是妳也不能擅自閱讀。」

我和丹的背後，有一名身穿管家服的男性？

啊，不行。這個也是層級不同，死定了。爸爸、媽媽，原諒兒子不肖。哥哥，以後的事就拜託你了。啊啊，真想活久一點。

我放棄求生了。

不過，世上有神。

「慢著慢著慢著——————！」

一名男子大喊著來到我們這裡，然後他攔在惡魔族女性和管家服男性之間。

「兩位！我不知道出了什麼事，但是不准你們對這些人出手！希望兩位別在這裡打起來，讓事情和平收場！」

這個男的雖然比我們都還要強，卻比惡魔族女性和管家服男性來得弱。壓倒性地弱。可是，他好可靠。這個人是誰？

原來是丹的熟人。

「教練……」

「呼！保護選手也是教練的職責嘛。我不能讓有前途的守備要員碰上危險啊。」
似乎是打棒球的夥伴。
…………
儘管不知道我之後會怎麼樣，如果活下來，我想打棒球。

## 閒話　鳩羅商隊　完結篇

目前我們被惡魔族女性和管家服男性夾在中間，一位叫做教練的男子出面袒護我們。
非常擔心接下來會怎麼樣的我，名字叫做米克。嗯，我沒說出本名。考慮到最糟糕的狀況，我決定接下來都以米克自稱。
就在我作好心理準備時，又有人闖進來。
「你們在這一帶散發殺氣，讓人很困擾。」
聲音來自上方，於是我抬頭往上看，發現有人站在屋頂上。那個人從屋頂上跳下來，落在叫做教練的男子身旁。個子很矮……女僕？
這位女僕先轉向惡魔族女性。
「在『五號村』禁止的行為，在『夏沙多市鎮』也一樣禁止喔。還是說，妳明知故犯嗎？我要告訴村長喔。」

聽到女僕這幾句話，惡魔族女性明顯變得慌張。接著，女僕轉向管家服男性。

「在這裡鬧事，也就代表作好了與村長為敵的心理準備。我可以這麼想嗎？」

聽到女僕這麼說，管家服男性也慌了。最後，女僕轉向叫做教練的男子。

「請您別亂來，我會挨村長罵。」

叫做教練的男子乖乖向女僕低頭道歉。這名女僕是什麼人啊？

戰力……不管怎麼看都比叫做教練的男子來得弱。然而，控制場面的卻是這名女僕。

個子不高、長相幼小的女僕。

我知道在魔王國年齡與外表不見得相符，她應該沒有看上去那麼年幼吧？這麼說來，有傳言指出掌控這座「夏沙多市鎮」的是一位年幼的女僕吧？這也就是說，傳言是真的嗎？

幼女僕對在場全員分別問話，確認狀況。她也有找我們，主要詢問有關書的事。

起先我有些煩惱該怎麼說，不過這是生死關頭，所以我把弄到書的經過老實交代出來了。

我們是來自魔王國外的商隊成員，在「夏沙多市鎮」待了一陣子，閒暇時聽說了奇怪魔像的傳聞，於是去北邊尋找。我們在北邊找到一處城鎮廢墟，從那裡的某間豪宅拿到這本書。

當然，我們來調查魔王國這件事沒講。因為一旦穿幫會被逮捕。

縱然沒有事先串供，丹也和我作出相同的判斷並說出同樣的內容，所以應該不至於被懷疑吧。

「你們還沒登錄成為冒險者吧？既然如此，從廢墟裡拿東西出來是犯罪喔。」

…………

糟糕啦——！這麼說來確實是這樣！

世上有無處的廢墟和廢屋。並不罕見。畢竟以前發生過很多事。

與此同時，也有無數看起來像廢墟和廢屋的地點與建築。並不罕見。畢竟不是每個人都能一直住在漂亮的房子裡。所以，以為來到廢墟或廢屋，便擅自把東西拿走所造成的糾紛不在少數。

實際上，真的很多。

因此不止魔王國，絕大多數的國家都規定，從建築用地內將物品帶走屬於犯罪行為。

可是，這麼一來就會使得廢墟和廢屋放著沒人管，會導致許多麻煩。

特別是廢墟和廢屋裡面的貴重古代器物，它們得不到活用的機會，只能等著竊賊偷走。這樣會形成問題，因此訂出了例外。

那就是冒險者。

只要登錄為冒險者，就能以調查廢墟和廢屋的名義將東西帶出去。當然，調查之前需要先確定是否真的算廢墟和廢屋，所以有事前報告的義務，調查後還有「繳交獲得物品目錄」之類的麻煩手續。

從廢墟和廢屋裡把東西拿走會遭到嚴格審視，如果無視這些麻煩的手續，就算有冒險者身分也會被當成小偷。

這件事我知道。知道卻忘了。因為「這裡是外國」的意識太過強烈。

另外，也因為最初的目的是尋找奇怪的魔像。還有，我和丹是貴族。軍隊的人。

軍人只要有正當理由，就能從廢墟和廢屋裡把東西拿走……或者該說沒人能有意見。

就算是國王，只要將軍說：「這是為了勝利。」一樣會閉嘴。雖然屋主是貴族時會產生問題，如果建築看起來像是廢墟或廢屋，就不會被視為問題。所以……疏忽了。我們忘了自己的行為是犯罪。

失敗。重大失敗。怎、怎、怎麼辦？要逃跑嗎？

惡魔族女性與管家服男性就在眼前，叫做教練的男子也在，還有幼女僕。

這個幼女僕應該比叫做教練的男子還要弱，但是比我們強……我有這種感覺。嗯，大概逃不掉。

好，死心吧。

但是，不能把其他夥伴拖下水。我如此下定決心。嗯，我不會把丹以外的夥伴牽扯進來。

首先……應該賠罪吧。

「非常抱歉。不小心忘記了。」

真的是不小心。

「不小心啊……那個廢墟是不久之前發現的地點，我記得應該有一塊主張優先權的告示牌，你們沒看見嗎？」

主張優先權的告示牌？有這種東西嗎？

「米優閣下，既然沒登錄為冒險者，就算有告示牌也不會認得吧？」

叫做教練的男子這麼幫我們緩頰。幼女僕的名字叫米優嗎？記下來吧。

「請等一下。那個地方，是由我等負責管理。別說優先權，就連調查的權利也不會有喔。」

管家服男性插嘴。

「那個地方由古吉大人管理嗎？我向德萊姆大人確認過，他說不知道喔？」

「因為那是德萊姆大人就任之前的事。只要問布兒佳、史蒂芬諾，或者是普拉妲，應該就會知道才對喔。」

「啊～抱歉，布兒佳小姐和史蒂芬諾小姐忙著照顧庫庫爾坎少爺，所以沒機會問她們。」

「普拉妲呢？」

「我把她當成『五號村』的一員，完全沒想到要問她。」

「原來如此。唉，畢竟我也稍微急了點，彼此彼此吧。」

「您這麼說就再好不過……但是調查的先遣隊已經出發，差不多該抵達了。那個地方有危險嗎？」

「那裡只有一處有問題。只要不調查那個地方，就不會有危險。」

管家服男性這麼說著，然後看向我們。不，好像是看向我們手上的書。

「那本書本來就擺在那個地方……算了，也罷。只要你們把那本書還來，我就不過問你們擅自把東西拿出來的事。」

咦？不處罰？那就還。立刻還。丹也沒問題吧？就算你反對，我也要歸還。

惡魔族女性雖然有怨言，卻被幼女僕擋住了，所以我沒去理會。

「謝謝你們。只有這本書拿出來了對吧？」

是、是的。

「我確認一下……你們看過這本書了嗎？」

雖然看過，看不懂上面的字……

「這樣啊。我明白了。還請你們今後別靠近那個地方。」

當然。非常抱歉。

他們放走了我和丹。好。很～好。要感謝這份幸運！我活下來了！

把好不容易運來的書歸還，老實說有點可惜，但是性命比較重要。沒問題。唉呀，好疲倦。天色已經快亮了。

花了不少時間呢。回旅店之後馬上睡一覺吧。向隊長報告？只要說沒找到奇怪的魔像就行了吧？別講多餘的事，忘掉吧。

沒錯，有關這次調查的事，全部都忘掉。不過我一定會去打棒球。到時候再向那個叫做教練的男子道謝吧。

中午過後。

我被丹叫醒。睡前我明明說過絕對別吵我，你沒聽到嗎？嗯？怎麼啦？看你面色凝重。發生什麼事了嗎？

丹一語不發地拉著我走出旅店，然後指向北方。

遠方在冒黑煙耶。是火災嗎？

「那是爆炸。然後，我想應該就是那個廢墟所在處。」

……

我沒問為什麼會爆炸。但是，我肯定爆炸的就是我做的擺設。

……

那個管家服男性會不會生氣啊？會生氣吧。畢竟爆炸了嘛。

……

有什麼地方是現在就能去的？

「聽說只要通過叫做傳送門的魔法之門，就能前往遠方喔。這是夥伴查到的。」

這樣啊。

我和丹利用傳送門逃跑，不過還是在王都被幼女僕逮到了。

那個幼女僕也被一個看起來像村姑的人抓住，這是怎麼回事啊？

事後。

管家服男性向我們道謝。
好像是他原本被契約綁住而無法自己破壞的東西，大部分都在那場爆炸之中毀掉了。
這樣啊。不，沒生氣就好。
想要表達謝意，問我們有什麼要求？不，我沒有那個意思……我、我知道了。
那麼，只要您可以幫忙處理站在那邊的惡魔族女性……沒錯，她一直瞪著我們，說那場爆炸毀掉了貴重的物品。

## 閒話　鳩羅商隊　加映篇1

我的名字叫做薩摩斯。薩摩斯．踏取奉。這是本名，不是假名。
確實周圍其他人都用假名，但我報的是本名。
我有理由。很麻煩的理由。真的很麻煩的理由。
某天，上司交付任務下來。潛入魔王國調查的任務。
說到潛入，有人或許會覺得很困難，但是魔王國對於外來訪客意外地寬容。就算光明正大報上騎士名號一樣能入國，也不會限制行動。

實際上，我以前有兩次潛入魔王國時沒掩飾騎士身分，照樣平安歸來。所以，我原本以為這次也是個簡單的任務。

然而並非如此。因為要和我一起潛入的同伴，好像超過六十個。

…………

這是不是太蠢了？六十人不是有點戰力，而是很像樣的戰力。

若是小型戰場，這人數已經有可能左右戰況。盜賊團或山賊聚到六十人，已經是需要軍隊出動處理的數量。就算魔王國對外來訪客很寬容，也不會坐視這麼多人一起行動吧？

我向上司抗議——如果想讓任務成功，就要減少人數。如果只是要調查，包含我在內差不多三人就夠了。

我的上司也明白六十人太多，可是我的抗議沒效果。反倒是我的上司一臉為難地跑來說服我。

按照他的說法，好像是派閥問題。

派閥？確實，看了同行者名單之後，明顯牽涉到很多派閥。

王室騎士團派、第一騎士團派、第二騎士團派、中央參謀派、南方防衛隊派……即使目的都是要保衛國家，也會因為方法和手段不同而形成派閥。對於軍人來說，派閥問題是避不了的。

然而，正因為考慮到派閥問題，才該減少人數交給其中一個派閥處理吧？就算沒辦法，裡面也有王室騎士團派，交給他們……不對？不是那個派閥？

咦？那麼是哪個派閥呢？難道說和貴族有關？也不是？除此之外的派閥……

「魔王國相關的派閥。」

聽到上司這句話，我默不作聲。

魔王國相關的派閥。簡單來說，就是基於「該以何種態度和魔王國往來」而產生分歧的派閥。

其實我國雖然沒有和魔王國相鄰，卻處於交戰狀態。

原因在於我國歷代國王就任國王時，都會宣誓絕對要消滅魔王國。由於沒有貴族反對，我國上下一致對魔王國採取敵對態度。所以，在這方面沒有什麼派閥之分，我們和魔王國澈底敵對。就這樣。

不過最近……差不多從八九年前開始吧？國王的方針動搖了。

「……怪了？為什麼我國這麼仇恨魔王國？仇恨魔族？沒這回事啊～何況我國也有亞人種居住。」

國王好像中了什麼魔法一樣，漸漸地不再對魔王國保持敵對態度。不，感覺像是以前中過什麼奇怪的魔法，現在解開了？

總而言之，國王的方針有所動搖，那種全國上下都認為和魔王國敵對是理所當然的氣氛也就淡了。

老實說，用不著勉強和魔王國打仗吧？國王好像是這麼想的。

既然如此，老實放棄不就好了嗎？然而事情沒有那麼簡單。畢竟與魔王國敵對是我國長年以來的方針，經濟大部分也都往這個方向發展，突然轉向會導致國家滅亡。

而且更麻煩的，是我們和周邊國家一起聯手敵對魔王國這點。聯手的不是只有一兩國，而是和魔王國以外的絕大多數國家合作。

這麼一來，我國就沒辦法突然翻臉說要和魔王國停戰。不能說。

要是說出口，會被周邊國家攻打。

可是我們也不能一直保持敵對。即使國土沒有接壤，依然透過海洋相連。魔王國組織大規模遠征軍渡海進攻我國的可能性，並不是完全不存在。

然而我們束手無策。無意與魔王國敵對，卻又因為和周邊國家的關係而必須維持敵對態度，以至於動彈不得。這就是我國的現況。

由於現況如此，便產生了派閥。

維持現狀想辦法撐下去派、無視周邊國家向魔王國低頭派、和魔王國同盟就能解決一切問題派、遵從先人遺志繼續和魔王國戰鬥派、拋棄國家逃亡派……剩下族繁不及備載。

國王算是維持現狀想辦法撐下去派，所以我國什麼也沒做。

那為什麼突然有了動作？理由只有一個。那就是國王的年齡。

現任國王年過七十，恕我直言，已經是差不多可以考慮退位的年紀。繼承人也沒有問題，指名繼任的王子健康且優秀，至少不會無能到把跟班的煽風點火當真。

問題在於，王子繼位成為國王時，是否要宣誓消滅魔王國。

以往都有宣告，在意這種事說不定反而奇怪……不過宣誓就是種敵對行為。

一旦宣誓，短期內就沒辦法和魔王國交涉。剛宣誓要消滅魔王國的隔天就和魔王國說：「我們好好相處吧。」魔王國大概也不會相信。

所以，既然不想和魔王國起衝突，別宣誓比較好。可是，不宣誓會引來周邊國家的懷疑，這麼一來維持現狀想辦法撐下去派也會很困擾。

這時候，就輪到我登場了。

潛入魔王國調查只是個名義。我真正的目的，在於建立和魔王國的交涉窗口。

還有，如果有機會……就告訴魔王國，萬一我國宣誓絕對要消滅魔王國，也只是表面上的態度，實際上並不想敵對。這就是我的任務。

原來如此。

非常麻煩的任務。因此，我想再確認一次。

任務這麼麻煩，為什麼同行者還會超過六十人啊？

好像是因為，這次派遣雖然由維持現狀想辦法撐下去派主導，卻被其他派閥注意到，於是其他派閥增派人手監視，以免有人擅自交涉。

…………

換句話說，大多數同行者的工作是妨礙我真正的任務吧？

上司表示不是妨礙，只是監視。還有不是大多數，而是差不多一半左右。這樣說並沒有安慰到我。

不過嘛，或許可以反過來利用人數，假扮商隊潛入魔王國。就在我這麼想時，上司說直接前往王都太顯眼，要我們繞道。

講得真簡單。

變成超過六十人的集團時，就該作好在魔王國很顯眼的心理準備吧？不是？為了避開其他國家的監視，別引人注目比較好？

其他國家……意思是他們會阻止我國擅自與魔王國和談嗎？

就以會碰上他國妨礙為前提來行動吧。

我重重嘆了口氣。不過，這也是工作。非做不可。打起精神。

首先，假扮商隊需要有商人協助。

我找商人幫忙，卻被拒絕了。好像是害怕魔王國。

畢竟長年與魔王國敵對，讓人們認為魔王國是罪惡淵藪嘛。

…………

和魔王國做生意的商人，應該知道魔王國不是那樣吧！

「正因為有做生意，才不想和這種麻煩扯上關係呀。如果人家禁止我們出入該怎麼辦啊？」

貿易商啊，沒有人喜歡聽實話。講了只會吵起來，記住這點吧。

不得已，我找上旅行商人。對方欣然接受，實在幫了大忙。

於是我們搭上隸屬於魔王國的船隻，起程前往魔王國。

我的名字叫做薩摩斯。薩摩斯·踏取奉。之所以沒使用假名，是因為身負「使者」這種麻煩的重責大任。

唉。真是的，和魔王國建立交涉窗口的手段，居然全部丟給我……

只出一張嘴還真輕鬆啊。

如此這般，我們旅行了大約一年，終於抵達「夏沙多市鎮」，並且在這個城市待了二十天。儘管如此，還沒接觸到看起來能當窗口的人物。

即使找「夏沙多市鎮」的商人打探，也都感覺不到什麼希望。我本來想在前去王都之前弄個接點，該怎麼辦呢？

「薩摩斯，怎麼啦？你不吃飯嗎？」

吃啊。雞肉咖哩最棒了。

嗯？夥伴丹和米克正在不遠處與一群陌生人一起吃飯。有大人也有小孩……喔，打棒球的隊友嗎？

要不是任務在身，我也可以像他們那樣悠哉地玩樂吧。啊，不行、不行。丹和米克並不是在玩樂，只是在努力蒐集情報。儘管看上去就像在和幼女僕打鬧，那應該也是情蒐的一環吧。

我也再加把勁吧。

# 1 悠閒的秋天

秋天。

村子各個角落都在為武鬥會訓練的季節。大家看來都很努力。

嗯？問我不做些訓練嗎？

不做。畢竟大家這個時期訓練得特別賣力，外行人參加很危險。我不想受傷。

所以，我和其他看起來很閒的人一起悠閒度日。

成員介紹！

可靠的第一人，超愛甜點的妖精女王！

強壯的第二人，在鷲保護下愜意生活的艾基斯！

堅忍的第三人，酒即人生，酒史萊姆！

智慧的第四人，具備自動開關功能的四千零五十一號箱！

自由的第五人，低空支配者，飛毯！

然後，臨時參加的第六人，偶然經過的鬼人族女僕，美麗的二把手！拉姆莉亞斯！以上！

……………………

拉姆莉亞斯啊，別說「裡面能正常對話的只有我和妖精女王」這種話。

「甜點～甜點～」

…………………

別說能正常對話的只有妳。大家都能溝通，沒問題啦。

問我平常很閒的小黑和小雪怎麼了？去看那些孩子們訓練了。如果邀牠們來，牠們應該會參加，不過小黑和小雪難得發揮領導力嘛，不能打擾牠們。

貓？貓姊姊們不肯離開老虎蒼月，貓妹妹們都在等魔王來。貓爸爸萊基耶爾和貓媽媽珠兒夫妻則黏在一起，不能打擾牠們吧？

不，妳不用顧慮我，不需要勉強帶人過來。嗯，真的。我只是悠閒一會兒而已。沒問題。真的沒問題啦。

也不知道拉姆莉亞斯是太愛擔心，還是單純把我當小孩看待……唉，都行啦。悠閒一下吧。

概念是享受秋風。

說是這麼說，但也只是把桌椅擺在有陽光的地方，簡單地吃點東西而已。對了，有妖精女王和酒史萊姆，不能忘記甜點和酒。沒了那些他們會不高興。

我正想去準備，拉姆莉亞斯卻先一步攔住我。

…………知道了，那就交給拉姆莉亞斯吧。

不久之後，拉姆莉亞斯拿了紅茶和餅乾過來。

我和妖精女王不用說，艾基斯、酒史萊姆、四千零五十一號箱，以及飛毯前面也都有擺。

咦？酒史萊姆前面也是紅茶杯？酒呢？酒史萊姆的茶杯裝得比其他人少……不過都是紅茶吧？

拉姆莉亞斯就像要回應我的疑問般拿出一個小壺，往酒史萊姆前面的紅茶杯裡倒。原來如此，那個小壺裝的是酒嗎？類似加了白蘭地的紅茶那樣吧。不，以那個分量來說，應該是紅茶兌酒吧？酒史萊姆沒有要抱怨的樣子，應該沒問題吧？

餅乾雖然是做好放著的，味道沒問題，和紅茶很配。不愧是姆莉亞斯挑的。

四千零五十一號箱和飛毯應該沒辦法飲食，你們就享受一下氣氛吧。

好好好，把紅茶餅乾放進四千零五十一號箱裡面是吧。了解。

至於飛毯…………想要硬擠進紅茶杯和餅乾碟下方呢。抽桌巾的相反版本嗎？不不不，飛毯相當厚，沒辦法鑽進去吧？餅乾碟就不用說了，紅茶打翻會滲進去喔。我幫你放上去，別逞強。

妖精女王，別因為妳自己的份吃完就盯上飛毯的餅乾。我的分妳。

酒史萊姆，別一直看著拉姆莉亞斯手裡的小酒壺。咦？酒出乎意料地好？就算如此也一樣……知道了、知道了，我晚一點去拜託矮人。

艾基斯……很老實地喝茶呢。沒有任何問題。

雖然沒問題……你是用翅膀拿茶杯嗎？真靈巧呢。不，沒問題喔。

嗯？拉姆莉亞斯，怎麼啦？

「那個……村長，您這樣真的叫悠閒嗎？」

很悠閒喔。嗯，我很悠閒啊。

對自己要誠實。反省。

悠閒不下來。雖然很愉快。

問題出在哪裡呢？找了太多人嗎？

隔天，我在拉姆莉亞斯的安排下悠閒度過。

在自家挑了個窗戶很大、日照良好的房間，把沙發擺在窗邊，躺在沙發上。

確實很悠閒。

嗯？喔，枕頭啊？我直接把頭抬高就行了對吧？

原本以為她會把枕頭塞到下面，結果不是。拉姆莉亞斯用她的大腿當枕頭。

……悠閒。

話說回來，房間外面好像很熱鬧耶？

「不准獨占村長——！攻堅部隊前進——！」

「為拉姆莉亞斯大人死守這裡！讓她們見識鬼人族女僕的韌性！」

我表示很在意，拉姆莉亞斯便用隔音魔法隔絕掉房間外的聲音。

…………

在房門被突破之前，我就悠閒地放鬆一下吧。

## 間話　鳩羅商隊　加映篇2

我的名字叫做薩摩斯。薩摩斯．踏取奉。

原本抗拒吃生魚，但是吃過之後覺得其實也不錯的男人。

…………

這種叫做醬油的調味料，是從哪邊弄到的啊？我想帶些回去耶？

出問題了。

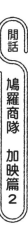

前往「五號村」調查的五個人沒有回來。考慮到「傳送門」這種裝置的使用人數，我們本來覺得多少有些慢也是難免，但是他們預定歸來的日子已經過了兩天。

聽說從我們所在的「夏沙多市鎮」到「五號村」，就算不用傳送門也只需要一天。即使那個叫傳送門的裝置出了狀況，拖到現在還沒回來依舊很奇怪。難道他們在「五號村」出了什麼事嗎？該多派些人去「五號村」嗎？難以判斷。

然而，我不是這支商隊的隊長。這支有許多派閥參與的商隊，是由受僱的旅行商人鳩羅擔任隊長。交給鳩羅隊長判斷吧。

至於這位隊長……怪了？他去哪裡了？平常這個時間他應該會在叫做「馬菈」的大餐廳吃咖哩……有夥伴在這裡，所以我試著問了一下。

「你問隊長的話，他帶幾個人去『五號村』嘍。」

……什麼時候？

「昨天。」

……我沒聽說耶？

「因為他只帶了幾個就在身邊的人過去吧？」

他為何要擅自行動？

「一個人去或許算是擅自行動，帶上好幾個人就不算擅自行動了吧？」

這麼說也對……唔。

「還有，我明天也要去『五號村』喔。」

目的呢？

「看棒球。你記得嗎？丹和米克在玩的那個。明天他們在『五號村』打球，要我過去加油。」

……

我可以一起去嗎？不，我不是想看棒球。我的目的是尋找先過去的夥伴，還有和隊長他們會合。

「五號村」。

聽說是人群往小山聚集而產生的城鎮，一眼看去我還以為是一座巨大的城市。

那是經過計算後建立的嗎？「五號村」比我想像得還要繁榮。或者該說充滿活力吧。人好多。說不定比「夏沙多市鎮」還要誇張。

我為了避免引人注目選擇單獨行動，實在是失策。要找到先來一步的夥伴和隊長他們，或許比登天還難。

真是的，為什麼叫村啊？這應該叫市鎮吧，市鎮。

我才剛這麼抱怨完，就找到先來一步的夥伴與隊長他們了。

首先，隊長他們在「五號村」山麓的活動設施，參加某種把躲藏者找出來的遊戲。大家好像玩得很開心。因為那些和隊長一道的夥伴們即使看見我出現在觀眾席也沒放在心上，繼續玩他們的。

不是玩？這是訓練？即使如此也一樣啊……

拿到好成績有獎品？喂喂喂，你這樣還算榮耀的第二騎士團團員嗎？居然被獎品沖昏頭……「五號村」某間美食餐廳的餐券？那我幫你們加油。明白吧？夥伴的東西屬於大家喔。

儘管有我加油，不中用的夥伴還是沒拿到獎品。我失望地和隊長他們會合。

隊長，既然要離開，希望你能和所有人都說一聲。就算你原本打算立刻回來也一樣……有託人傳話？怪了？我沒聽到啊？你是怎麼拜託人家的？

你請丹和米克傳話？原來如此。不該怪隊長，真是抱歉。

那兩人就在隔壁的運動場，我去揍他們。對，就是在打那個棒球。

隊長一行人的目的是找先過來的同伴，但是還沒找到，真遺憾。

總而言之，我和隊長他們前往運動場，打算把沒好好傳話的兩人揍一頓，卻被一個叫做教練的男子攔住了。他要我等到比賽結束再說，沒辦法。

於是我和隊長一行人分開，去尋找先過來的夥伴。

然後，我在一個叫拉麵街的地方找到了那些夥伴。

他們不知為何在當店員，還不止一間店。

…………

全員集合。對，過來這裡。店長，不好意思，人借我一下喔。

啊～雖然可能性不高，還是要問一下，你們是吃霸王餐被處罰嗎？不是？想要拜師？所有人？所有人啊。原來如此。

…………
抱歉，我稍微想了一下，但還是想不通。
拜師？為什麼？別說那麼多，先吃吃看老闆的拉麵？要我吃是可以啦……
慢著。我瞄了一下，但是那麼大一碗，我再怎麼努力也只吃得下兩碗。你們拿這麼多過來給我也……還有小碗拉麵？為了那些想多嘗試幾種口味的人著想？真是親切呢。
我知道了。總之我會努力把全部都吃過一遍……有空為了讓我吃的順序吵架還不如做個籤來抽，用抽籤來決定。

雖說是小碗，吃五碗還是很撐。
我能明白他們想拜師的心情。拉麵確實很好吃。好吃到連我都想拜師。
可是我不能接受。
儘管不能大聲宣揚，我們有使命在身啊！你們忘了吧！特別是你，你是遵從先人遺志繼續和魔王國戰鬥派吧！現在是拜師的時候嗎……不要那麼簡單就改變你的信念！撐下去！你本來應該更固執吧！那邊的你也是！既然是和魔王國同盟就能解決一切問題派，就努力去找和魔王國改善關係的契機啊！只要精通拉麵就能做到？拉麵雖然好吃，並沒有那麼萬能！它只是料理！
啊，抱歉。說它「只是料理」實在講得太過火。嗯，抱歉。真的很抱歉。拉麵很好吃吧。不是普通的料理吧。不，我剛剛也太激動了……

啊——咳咳，重來。

你們突然辭職也會帶給人家困擾，時間別太長的話還能睜隻眼閉隻眼……十天之後記得回「夏沙多市鎮」。不要心不甘情不願！

聽好，絕對要回來，我們講好囉。好，解散。

嗯？怎麼樣？問我哪種拉麵比較好吃？

……

這是一回答就會吵起來的問題吧？我在咖哩那次學到了，所以我選擇沉默。

……

晚上。

我在「五號村」的某間酒館。我去揍丹和米克時，又被叫做教練的男子攔住，還邀我參加比賽後的宴會。他大概是要在宴會上勸我放過兩人吧，還真是會照顧人。

算了，畢竟揍他們也只能讓我出氣。兩人看來也都反省了，就原諒他們吧。

唉呀，我可不是被宴會釣到喔。這也是蒐集情報的一環。

不過我沒怎麼看比賽，所以要表現得客氣一點。畢竟宴會主旨是慶祝球賽贏得勝利嘛。我決定待在會場角落，吃點剩下的東西就好。

原本我這麼打算，但是這場宴會也有很多沒看比賽的人參加。像是鳩羅隊長，以及其他同伴。

……

於是我放得比較開了。

肉好吃，酒好喝，不知不覺間，我已經從會場角落來到靠近中央的地方。

唉呀，謝謝你幫我倒酒。

呃…………來自遠方的村長先生？這麼年輕就當村長，真是辛苦呢～哈哈哈。不不不，我對棒球不太……打棒球的是那兩個人。

我是他們兩個的夥伴，在商隊工作。打算在「夏沙多市鎮」停留一陣子。

話說回來，您抵達的時候有位被綁起來帶走的女性……

喔，把危險物品放在孩子們碰得到的地方嗎？這樣可不行呢。必須好好提醒她。哈哈哈哈哈。

我的名字叫做薩摩斯。薩摩斯．踏取奉。

正在尋找能成為我國和魔王國交涉窗口的男人。還有，也是因為預防宿醉吃的拉麵太好吃而感動的男人。

## 2 壓迫

此刻，宅邸的某個房間，文官少女組之一和薇爾莎正在聽座布團說教。

不，座布團什麼都沒說，應該不算說教。牠沒有什麼特別的動作。

只是看著兩人。一直盯著看。

相較之下，文官少女組之一和薇爾莎只是平伏於地。

不，薇爾莎好像想動，但是她一動座布團就跺腳，薇爾莎又趴回去。

這是怎麼回事？

嗯……………壓迫嗎？

這場壓迫持續很久，所以對周圍產生影響。

至於有哪些影響，首先是貓一家。

貓爸爸、貓媽媽、貓姊姊、貓妹妹，以及老虎蒼月躲去「大樹迷宮」。蒼月先不提，貓一家的團體行動展現出難以想像是貓的紀律性。

再來是中庭的雞群。

平常牠們都是自由活動，相當熱鬧，今天卻窩在雞舍裡一動也不動。看起來像在裝死。

不死鳥幼雛艾基斯和鷲，則一早就去森林打獵了。

牠們在座布團施壓前就已經出門，大概是野性的直覺吧。原來你們還保有野性的直覺啊？嗯，就算還保有也是留在鷲身上吧。

牧場區裡看不見牛、馬、山羊和綿羊的身影，他們全都躲去溫泉地了。只剩最近才來的飛馬們慌成一團。是不是沒有餘力帶牠們一起走啊？

我接到報告，說山羊們在獅子一家包圍下非常老實。改天要不要招待獅子一家來牧場區玩啊？這麼一來，山羊們或許也會乖一點。

待在居住區世界樹上的巨蠶們則將世界樹當成隔開宅邸的盾牌，保持防禦態勢聚在一處。同樣地，果園區的蜂群也聚集在一處呈現防禦態勢。

花田的妖精們……不在。躲去哪裡啦？

蓄水池的池龜們……沉在池底不上來。

不僅如此，牠們還想用魔法凍住水池當護盾。拜託別這樣。這個時期要是沒辦法用蓄水池的水，會造成很多困擾。

大概就是這種感覺。

順帶一提，孩子們原本該上室內課，卻臨時改變計畫到村子南側的賽跑場演練魔法。負責魔法的教師古隆蒂在旁邊用防禦魔法保護他們。

我明白座布團施壓的原因。

文官少女組之一把薇爾莎寫的書放在孩子們碰得到的地方。

嗯，就是那個。男性與男性的危險物品。

雖然在孩子們碰到之前就發現並回收，卻不能因為這樣就放過。座布團得知後大怒，下令把擺放書本的文官少女抓起來。

負責抓人的，則是悄悄在「五號村」活動的座布團孩子。當時那名文官少女好像有事要和魔王交涉，待在「五號村」的「酒肉妮姿」。

要是座布團的孩子們當場逮人會出問題，所以我被叫去，變成由我下令逮捕。吵到當時在「酒肉妮姿」享受的魔王他們，實在很抱歉。不過嘛，能藉這個機會和商隊的人聊天倒是挺有幫助的。

擺放書本的文官少女儘管努力硬撐，隔天早上依舊被帶回「大樹村」，送到座布團的面前。薇爾莎得知騷動後請求為她減刑，然後一同遭到壓迫。

縱然興趣很奇特，不拋棄同志的態度倒是值得嘉許。

然後，壓迫從早上開始，現在已經過了中午。德斯他們對我說：「差不多該出面制止了吧？」但我也很煩惱。畢竟書的內容是那樣嘛。

雖然不打算對閱讀或創作有所限制，我覺得讓孩子們接觸還太早。希望她們對於「把危險物品放在孩子們碰得到的地方」這點有所反省。

結果。

晚餐時，由我去請座布團收手。

停下的只有壓迫，座布團的怒氣還沒平息。「大樹村」裡面所有在薇爾莎嗜好範圍內的書，全都集中到一處。

儘管擁有者保存書本時經過種種偽裝，還是被座布團的孩子們一個個拆穿後回收。還真不少呢。

也就是說，雖然薇爾莎遵守約定沒在「大樹村」有任何扯上嗜好的行動，還是在不知不覺間滲透進來了嗎？不是？

就像成年男性對女性會感興趣一樣，成年女性也會對男性之間的關係感興趣？就算沒有薇爾莎也會自然演變成這樣？哪有這種蠢事。

…………

我希望沒這種事。

座布團打算把這些大量的書全部燒掉，但是焚書不好。這是對於文化的破壞。若要問這些東西有沒有保護的價值，我也不知該如何回答，但這種事不該由我判斷。所以，我出面攔阻。

薇爾莎，我沒打算保護妳的嗜好，別捧我。

那些差點被燒掉的書，最後裝箱送往海岸迷宮裡的薇爾莎她家。如果是那裡，增加一些書應該不至於有什麼影響。畢竟那麼做相當於把一杯水倒進海裡嘛。

運往薇爾莎她家宅邸一事就拜託始祖大人，在那之前就在屋裡找個房間擺著，由座布團的孩子們嚴加看管。

這件事到此為止。

…………

沒了座布團的壓迫，村子逐漸恢復平常的樣貌。

胖女王蜂稍微瘦了點？不是變瘦，而是憔悴？原來如此。
呃，向我抱怨也……知道了、知道了。
呃……不該找座布團抱怨吧？我會提醒她們別觸怒座布團。
還有，兵蜂啊，別拜託我帶座布團來協助女王蜂減肥，這樣讓我很困擾。
更何況，你們也會害怕吧？不是？那是用來讓對手大意的裝死？
知道了、知道了，就當作是這樣吧。

## 閒話　擺放書本的文官少女

失敗了失敗了失敗了。
我叫做菈菈佩爾菈露，家名是拉佩爾拉，合起來是菈菈佩爾菈露．拉佩爾拉。我是「大樹村」被稱為文官少女組的集團成員。沒錯，也就是魔王國貴族的女兒。
我犯下大錯了。
對，我把滿滿薇爾莎大人嗜好的書隨便亂放，結果還來不及回收就被其他人發現了。
這是重大失誤。

當時我有要事和魔王大人交涉，所以人在「五號村」，卻遭到村長逮捕。

魔王大人也沒有伸出援手，真是過分。

於是，現在座布團女士就在我面前。

把書隨便亂放……放在孩子們碰得到的地方，這件事我真的已經在反省了。雖說他們還沒看，我挨罵也是應該的，我知錯了。

所以我一直跪在座布團女士面前向她認錯。

在我旁邊，知情的薇爾莎大人也和我一樣跪著。

……我心裡滿是歉意。

不過，請容我解釋。我是臨時有工作要處理。沒錯，就在讀書的時候。所以我只是把書放在一邊，以工作為優先而已。

儘管很想這樣辯解……卻說不出口。座布團女士散發的壓迫感太強了。

而且仔細一想，就算要處理工作，我也只需要先把書放好。錯在我隨便亂放，大反省。

我在晚餐時得到原諒。

但是，屬於薇爾莎大人嗜好範圍的書不能放過，宅邸裡的這些書要集中在一起燒掉……就在此時，村長出面制止。他說不管是什麼樣的書，都不該燒掉。不愧是村長！

屬於薇爾莎大人嗜好範圍的書決定放到薇爾莎大人她家了。太好了、太好了。

然後，我向同好們賠罪。非常抱歉，監視變得更嚴謹了。我們重新回到陰影下享受吧。

嗯？對，書全部交出去了喲。因為村長要我們交嘛。我沒有說謊。那麼，要怎麼享受呢？那還用說嗎？創作的心沒人攔得住喔。

不過僅限有空的時候就是了。忙碌時還是得自制。

好了、好了。

該忙本業……不，我的本業是「大樹村」的文官。該忙副業，也就是為魔王國蒐集情報了。

唉呀，請別誤會喔。我沒有做出任何會對「大樹村」不利的事。一來魔王大人嚴令不准，二來我這麼做已經知會過村長，不是私下行動。

我之所以會蒐集情報，是為了不給「大樹村」添麻煩。到頭來變成對魔王國有幫助，僅此而已。

這樣的我呢，最近主要在蒐集與「五號村」有關的情報。

對，因為需要監視的對象太多了。

首先是聖女瑟蕾絲小姐。再來是劍聖畢莉卡大人。然後白銀騎士、青銅騎士，以及赤鐵騎士。聖騎士修奈達，也就是雀兒喜大人。還有，已經滅亡的精靈帝國公主姬涅斯塔殿下也在。需要注意的人物到處都是。

不過嘛，因為有更值得關注的人物，像是功績與惡名都傳得很遠的陽子大人，以及身分不明的吉祥物五君，所以前面那些就相形見絀了。哈哈哈，五君裡面沒有人啦。

咦？普拉妲大人？我哪有辦法監視普拉妲大人啊！還有薇爾莎大人等，根本不可能。他們可不是普通的惡魔族，而是古代惡魔族喔。

魔族和古代惡魔族之間雖然有段血腥的歷史，最後古代惡魔族離去，由魔族贏得勝利——史書是這麼寫的。但是，這並不代表魔族真的贏了。

老實說，古代惡魔族根本不把魔族當一回事，頂多看成一群會做無謂抵抗的礙事存在。還是有一部分努力過的魔族喔。像是交戰後好不容易存活下來的啦、負傷撤退的啦。這些魔族的後裔，就是現今的魔王國貴族。換句話說，我的祖先很厲害。

不過就算是這樣，我也完全不覺得有必要去找古代惡魔的碴。以前怎麼樣我不知道，但是現在他們很友善，這不就好了嗎？

所以我不會監視他們。如果多事惹火他們該怎麼辦啊？我可扛不起害得魔族滅亡的責任喔。若是魔王大人或許還有辦法應付古代惡魔族……但是我試著模擬了好幾次，都只看見魔王大人去找村長哭訴的身影。乾脆村長當魔王不就好了嗎？不，應該當大魔王吧？

無論如何，監視對象要挑一下，畢竟我很優秀嘛。然後呢，這次的任務不是監視，而是蒐集情報。

這回我情蒐的對象，是一支來自人類國家的商隊，他們自稱是「鳩羅的商隊」。因為是商人率領的隊伍，所以叫做商隊，注意不是隊商。雖然我不太清楚商隊和隊商的差異。商隊大致上就類似旅行商人的大規模版本那樣。儘管我覺得隊商也差不多，既然人家自稱商隊，當成商隊應該就行了。

將鳩羅的商隊當成情蒐對象，不是因為他們可疑。那支商隊在抵達「夏沙多市鎮」之前就已經調查完畢，結論是沒問題。對，這是家父與家兄的調查，應該可以信任吧。

老實說，由於這種情報堆積如山，所以我不會每一項都認真調查，這次是為了保險起見。

畢竟出現了傳說人物，異名「病魔」的文字。假如是碰巧相像倒還無妨，如果是真的，問題可就大了。還有，如果是真的，我就要把家父和家兄痛罵一頓，不能原諒。

就算那個「病魔」是真貨，只要什麼都沒做一樣無妨。我也用不著戰鬥。假如演變成需要戰鬥的狀況，我會立刻逃跑。對，因為一點勝算都沒有。既然是在「五號村」，只要逃到陽子大人身邊應該就有辦法應付了吧。

儘管想逃回「大樹村」，這樣等於把「病魔」叫來大樹村，所以我不太想這麼做。那個村子裡還有其他比「病魔」更恐怖的人嘛～我可沒說是誰喔。

無論如何，調查開始……在這之前，我想先向古吉大人報告。

是的，「病魔」是古代惡魔族。只要先和古吉大人說一聲，就算對方是真貨，古吉大人也會幫忙應付吧。

但是……古吉大人最近沒來「大樹村」。

不得已，我選擇通知比較好聯絡到的薇爾莎大人。希望不會妨礙到她創作……畢竟如果「病魔」是真的，而且還鬧事了，搞不好會影響到她創作嘛。

行事謹慎的我真是優秀。

## 間話　鳩羅商隊　加映篇3

麵包師傅的一天開始得很早。

位於「夏沙多市鎮」正中央的古老工房，最近增建的麵包販賣處相當引人注目。這裡就是麵包師傅的職場。

太陽升起之前，就會有數十名師傅聚集到這裡，其中好像還有在這裡過夜的。大家都沒有出聲打招呼。可能是因為太陽還沒升起，這樣會吵到左鄰右舍吧。以手勢打完招呼之後，師傅的一天就開始了。

旁觀的我名字叫做薩摩斯。薩摩斯·踏取奉。

為了買到早上第一波出爐的麵包，在太陽升起之前就排隊的男人。

或許有人會認為不必這麼早就到麵包店排隊，但是不排就買不到想要的麵包。

為了買到想要的麵包，大家才會在這裡排隊。

「早安。來得真早耶。」

一名男性常客小聲向我打招呼，我也給予回應。

大概挑上我當麵包開賣之前的聊天對象了吧。反正我也很閒，就陪他聊聊……

實際上，我已經關注這位男性常客一段時間了。

魔族的年齡難以從外表分辨，不過他看上去大約五十歲左右。身上衣服的質料可說是頂級，感覺財力雄厚。語氣穩重且為人和善，應該是有些身分地位的貴族當家。

要說這名男性何處讓我在意，那就是一大早來排隊買麵包這點。既然有錢，請麵包店的人送過去就行了，要不然也可以找傭人來排。為什麼不這樣呢？難道他是沒落貴族嗎？

以上這些令我在意。

「其實我兒子的太太在這裡工作，我想為她打氣，所以才來買麵包。」

原來如此。

所以必須自己來買啊？可以理解。

在意許久的事有了解答，令人神清氣爽。

就這樣聊著聊著，太陽出來了。

然後，工房開門，師傅們出來列隊。這是開賣前的朝會。

麵包店老闆的女兒站在排好隊伍的師傅們面前大聲喊道：

「我們是什麼人！」

師傅們齊聲應和麵包店老闆女兒的聲音。

「「「「麵包師傅！」」」」

「嗯～？只是麵包師傅？」

「「「「烤出世上最好吃麵包的師傅！」」」」

「很好！我們的目的是什麼！」

「「「「做出好吃的麵包！」」」」

「我們的敵人是誰！」

「「「「那些不吃麵包的人！」」」」

「我們該做什麼！」

「「「「為世界帶來麵包！」」」」

「沒錯！要讓世上所有人都吃麵包！」

「「「「光榮歸於麵包！」」」」

「那麼，今天也好好加油吧！打招呼！」

「「「「歡迎光臨！您要什麼麵包！知道了！這是找零！謝謝惠顧！」」」」

朝會還是一樣幹勁十足。可是，喊這些讓客人聽到是怎麼回事？我覺得私底下來就行了耶……

唉呀，不好，隊伍在前進了。看來麵包開賣了。

我的目標是醬油麵包、味噌麵包，還有炒麵麵包！

這三種都很受歡迎，但我排的位置應該買得到吧。

嗯，買到了，還好。這都是多虧了每人每種限買五個的規矩。哦，那位男性常客好像也買到了呢。

這麼說來，見到令郎的太太了嗎？咦？就是剛剛那個在前面喊話的老闆女兒？哦～

我不會說什麼「看來以後有得累了」這種話。就算不是親生的，女兒這麼可靠依舊是好事。

順帶一提，他的兒子好像在那間賣咖哩的夏沙多大屋頂擔任非官方的警衛。

之所以沒有官方身分，原因在於本業是協助男性常客處理事務。說不定我已經見過他兒子了，只是不知道而已。

好啦，我把麵包帶回旅店，開始吃早餐。

嗯，好吃。來到「夏沙多市鎮」之後，吃飯時間都很幸福。

唉，反過來說，吃飯以外的事情問題一堆。

好比說，去「五號村」拉麵店拜師的五人，已經過了講好的日子還是沒回來，反倒提出了辭呈。讓人想把他們打一頓之後再帶回來。

大部分的同伴，都為了咖哩和拉麵等食物產生嚴重的對立。

真是的，居然為了對於食物的信念而吵起來……都很好吃不就行了嗎？

好幾個人迷上棒球。

如果不影響本業，打球倒也無妨。你們沒忘記要蒐集情報吧？

甚至有人說，我們可以就這樣在魔王國定居。
別去找房子定居，至少先回國一趟再說。要是在這裡脫隊，會有很多麻煩。
然後，我也還沒建立和魔王國的交涉窗口。
真頭痛。頭痛歸頭痛……
實際上，出現了新的重大問題。
「五號村」有種東西叫做電影，是將往昔影像搭配音樂和人聲取悅觀眾的表演。
由於這東西頗受好評，所以當成情蒐的一環，我也跑去看了。內容相當有趣，所以我看了三次。
就算看第三次還是很有意思，不過我注意到一件事。對，注意到。
我對出現在影像中的三樣道具有印象。
我國王室和兩家貴族代代相傳的三神器。那兩家貴族的家傳神器每年都會公開展示，所以我見過。
王室傳承的神器雖然難得公開，我曾經當過王子的玩伴，所以有幸一見。
雖然這三種神器不清楚用途，卻有種神祕的光輝。光是放在那邊就會讓人感到幸福。
在影像裡，神器用來洗碗。在影像裡，神器用來做菜。在影像裡，神器用來處理廚餘。
…………
老實說，我第二次就注意到了。第三次是確認。我希望自己看錯。
然而我沒看錯。該怎麼辦？
我國的三種神器，居然是那種東西。

該把這個事實告訴其他人嗎?不，做不到。還是閉嘴吧。

特別是王室的神器用來處理廚餘這點，絕對不能講。雖然不行……那部電影這麼有趣，總覺得這消息遲早會傳到我國。

啊~到底該怎麼辦?好想忘掉。吃個麵包…………已經全部吃完了。唔!應該把麵包的味道品嘗得更仔細一點才對。

唉，雖然早了點，去吃咖哩吧。說不定能見到那位男性常客的兒子呢。名字……記得叫做基爾史派克吧?嗯，去問一下應該很快就會知道是誰。

## 3 文化炸彈的研究餘波

我們現在能看的電影有兩種。

為往昔影像紀錄配音的電影，還有最近拍攝的電影。

電影的完成度，想來是以前的影像紀錄比較高。畢竟近來拍攝的電影，都是以「做得到的」和「想做的」為優先。以取悅拍攝人員和表演人員為優先，可說少了取悅觀眾的視角。

不過嘛，等到他們發現觀賞電影的樂趣之後，應該會漸漸有所變化吧。

話說回來，觀賞以前的影像紀錄，自然會曉得以前的生活形態。

其中影響特別大的，就是料理和酒。在電影裡見到看起來很好吃的料理、見到演員吃得津津有味，自然會有人想知道那是什麼料理、要怎麼做。

酒也一樣。會有人想知道那是什麼酒、用什麼原料。

在「大樹村」，就是鬼人族女僕與矮人們了。

鬼人族女僕們試圖重現電影中的料理。幸好大多數都能從外觀辨別材料，又能從演員們的感想判斷味道的方向性，所以能做出相似的成品。鬼人族女僕們很滿足。

另一方面，矮人們則陷入苦戰。光是用看的，看不出酒的原料。想從演員們的感想找線索，也只聽到他們說「好喝」。

如果有更仔細一點的感想，像是「它聞起來如何」、「喝一口勁頭就上來」之類的就好了，但是提供這種說明臺詞的影像很少。

可是，矮人們沒有因此放棄。他們從影像的每個細節蒐集提示。

從酒桶與酒瓶標籤上用的記號、文字和圖案猜測原料，從提供酒的店家氣氛、菜單和餐點的方向性等找出酒的味道。

……………

若是紀錄片或許還有用，如果是創作出來的影像，除非製作道具的人堅持，否則只會白費力氣——我原本想這麼提醒矮人們，卻做不到。因為他們看起來樂在其中。

啊，先等一下。你們好像是從演員那句「拿這杯酒給那位小姐」推測酒精度數偏低，不過剛好相反喔。我想那種應該是比較甜、容易入口，但是酒精度數偏高的酒。

給了這種建議後，他們卻誇讚：「居然讓女性喝烈酒，真是個好傢伙。」嗯～這是文化上的差異。

再來造成影響的，是服飾（時尚）。

座布團和座布團的孩子們受到刺激，做了很多很多衣服。

厲害之處在於，牠們不是直接重現以前的服裝，而是昇華成適合現代的款式。雖然看起來不適合平常穿。

…………

座布團，那件衣服應該不適合平常穿吧？

…………好吧，只限今天喔。

可是，帽子和眼鏡就沒什麼變化了呢。不，或許是因為一直流傳到現在吧？

然後，最後是魔道具。

看見陌生的魔道具，露、蒂雅、芙蘿拉，以及山精靈們非常興奮。

對於認得的東西，始祖大人和薇爾莎願意解說用途和製造方法，但是他們不認識的東西就沒轍了。

所以大家開始研究……怪了？露、蒂雅和芙蘿拉什麼都沒做吧？沒有什麼想要的功能？是這樣嗎？

如果有想要的功能就會研究，不想要的功能就不會去研究。還有，走過去已經完成的老路，身為一個研究人員實在提不起勁？原來如此。

可是，那個分解廚餘的道具好像很方便……有史萊姆在，所以用不著？的確。

順帶一提，山精靈們倒是卯足全力在做她們有興趣的東西。

於是我面前出現了電動刮鬍刀……更正，魔動刮鬍刀。

雖然花了不少力氣又投入頗多經費，把東西做出來的山精靈們很滿足。

…………

這個魔動刮鬍刀，是種用來安全刮鬍子的道具。

雖然它好像能調整要刮掉的鬍子長度，刮鬍刀本質上並非修整鬍子的道具，而是剃掉鬍子的道具。

然後，住在這裡的人，幾乎都不需要剃鬍子。

矮人和巨人族，是鬍子越長越高興的種族。天使族、高等精靈、蜥蜴人和半人蛇族則不會長鬍子。

獸人族、魔族、人類、半人牛族、半人馬族和哈比族，大多只是修整鬍子。

能夠維持鬍鬚美觀是財力的證明，所以幾乎沒人會把鬍子刮乾淨。

好像還有國家對於成年男性的懲罰包含剃鬍。這世界刮鬍子的人就是這麼少。

…………

我就算想，也沒有鬍子能這麼做。

畢竟孩子都生了，我覺得為了威嚴留點鬍子也無妨，但我的身體也不知道是怎麼回事。雖然每天早上都不用在意鬍子很方便就是了。

總而言之，魔動刮鬍刀沒有表現機會。

我還想過，如果不刮鬍子，那麼用來除毛怎麼樣？但這個世界好像沒有在意多餘體毛的文化。嗯～

如果沒出現文化改革，魔動刮鬍刀恐怕派不上用場。

可是我也不想浪費花的錢。

山精靈們將魔動刮鬍刀改良或說分解，弄成了魔動剃毛機。

就我的知識來說那是電動理髮器……山精靈們集合。這不是分解魔動刮鬍刀後做出來的，而是新做的對吧？

只是把羊毛剪改成魔力驅動對吧？不，確實這樣要幫綿羊和山羊剃毛會變輕鬆就是了。

好吧，我認可妳們。

只不過名字不要叫做魔動剃毛機，改稱呼它為魔動理髮器。還有要量產它。我要分給其他村子。

追根究柢，為什麼山精靈會對魔動刮鬍刀感興趣呢？還有很多別的魔道具吧？

能夠不傷到肌膚就把鬍子刮掉的功能令人著迷？而且可以拿在手上的尺寸很棒？

原來如此。我懂。

Farming life in another world.

# Chapter,3

*Presented by*
*Kinosuke Naito*
*Illustration by*
*Yasumo*

〔第三章〕

## 拉麵追求者

01.五號村　02.深邃森林

## 閒話　在「大樹村」尋人者　娜娜‧佛格馬

大家好，我的名字叫做娜娜。娜娜‧佛格馬。為了管理太陽城而誕生的墨丘利種之一。

目前我在「五號村」工作。工作內容……只能說各式各樣。

嗯，就類似萬事通那樣。對，檯面下的。

我呢，會定期去「大樹村」露臉，避免被村長忘記。

啊，我可沒有產生戀愛感情之類的喔。只是為了不被忘記而真切地努力。

我的長相說得客套一點也算不上顯眼，服裝也刻意穿得像一般村姑。換句話說，就是很難留下印象。我有自覺。

就連在「五號村」和我一起工作數年的人，也曾把我當成初次見面來問候。

看見這一幕的陽子大人勸我佩戴名牌，各位能想像我的心情嗎？由於會妨礙到工作，所以我不能佩戴名牌，但我還是隨身攜帶了好幾天喔。

還有村長。

村長確實記住我了。真不愧是村長。

…………

既然如此，為什麼我要避免被村長忘記而定期露臉呢？縱使我不願懷疑，村長和我見面時，陽子大人好像總會在場，這點令我很在意。

然後，村長見到我時，就會對陽子大人投以看似求救的目光，接著陽子大人會對村長說悄悄話。

雖然不知道他們在說什麼，我對這點很在意。對，很在意。儘管相信村長，還是會在意。

重申一次。我相信村長，但是會在意。

唉呀，剛剛我的眼神似乎變得很可怕，被一名鬼人族女僕提醒了，抱歉。

好啦、好啦，我打起精神準備問候村長……………村長去哪裡啦？還有，倒在宅邸各個角落的矮人們又是怎麼了呢？

發現電影裡那些演員喝的酒可能不是酒？喔……也是，考慮到拍攝的狀況，也會有這種事吧？畢竟演員不能喝醉嘛。

總而言之，我不去理會那些不需要在意的事，動身尋找村長。

大房間正中央的桌上，擺了個五層大蛋糕。

在放有蛋糕的那張桌子周圍，妖精女王與村裡的孩子們跳著凌亂的舞。

那是什麼啊？對於五層大蛋糕表示歡喜之舞？

古隆蒂女士為我解答。謝謝妳。

還有雙頭犬歐爾小弟，你也差不多該記住我了吧？每次見面都把我當成可疑人物對著我吠，讓人心很痛。

古隆蒂女士不知道村長在哪裡。

得到的資訊，只有那個五層蛋糕是村長閒來無事做的。

原來如此。村長閒著沒事啊？這也就是說……

我往宅邸裡的工房走去，猜想村長可能和山精靈們在一起做些怪東西。

工房只有山精靈們，很遺憾。

但是，山精靈們知道村長在哪裡。真是幫了大忙。

話說回來，妳們在做魔動理髮器嗎？在「五號村」頗受好評喔。最近應該會下訂單，麻煩妳們了。

怪了？我還以為妳們會高興，沒想到居然一臉倦容，為什麼啊？

喔，不太喜歡量產一樣的東西？原來如此。

雖然能夠理解，還是請妳們努力到把「五號村」下訂的份做完喔。

要不然我現在就用自己的權限下訂喔。總而言之，先來五百個左右。不，不是開玩笑。就是要訂這麼多喔。請加油。

我丟下發出哀號的山精靈們離開工房。

根據山精靈們的情報，村長好像在高等精靈們的住家附近製作某些東西。他要做什麼啊？

我朝村長的所在之處移動，沿路向小黑先生的子孫們和座布團女士的孩子們打招呼。

…………

發現村長了。

村長在和高等精靈們一起用草編東西。

我一試著往村長靠近，高等精靈們便拿起武器擋在我前面。又來啦？是我啦，是我。娜娜。娜娜・佛格馬。看來妳們認出我了，真令人高興。可是，妳們差不多該記住我的長相了吧？做不到？真可怕。居然能若無其事地用言語傷人，不愧是高等精靈。我還是向村長報告吧。記不住要怪我？居然不肯認錯，而是把責任推給我……不愧是高等精靈。還是向村長報告，請他提醒妳們吧。

村長，高等精靈她們好過分～

村長站在高等精靈們那一邊，真過分。

咦？村長也認為是我的錯？

的確，我知道自己長得不起眼，但是我明明已經努力要解決問題了…………不是因為這樣？那麼，問題出在哪裡呢？

……對，確實我平常都是穿裙子，但今天換成了褲子。這是為了行動方便。因為最近要跑跑跳跳的工作比較多。

髮型也配合褲子換掉了……難道說，這樣你們就認不出我了嗎？

不，要說這是變裝也未免……只是打扮一下呀。

走路的習慣、身上的氣味，以及心跳的節奏都沒變吧？改變心跳節奏做得太過火？沒這回事喔。透過平常的心跳節奏辨識一個人，這在任何地方都很常見。對，我沒說謊。這種方法也有用來辨識入侵「五號村」的密探。

改變的方法？只要維持緊張狀態就會變了。只要習慣就能自由自在地改變。啊，別教小孩喔。這麼做很危險。

離題了。

沒想到我不過打扮了一下就認不出來。這麼說來，先前在「五號村」和村長見面時，我也會因為要和村長見面而事先打扮。嗯……反省。

平常盡可能維持一樣的服裝和一樣的髮型吧。

不過那些事先擺一邊。為了讓村長記住，我決定和村長共同行動。你們在做什麼啊？鎧甲？用草製作嗎？

塗上以獸骨和獸皮熬煮的汁液就會變得相當堅韌，能當成輕型鎧甲？原來如此。
我也可以試著做做看嗎？謝謝。

幾天後。
為了讓村長他們知道什麼叫變裝，我認真變裝過後前往「大樹村」。
就在要穿越傳送門時，我被阿拉克涅阿拉子小姐抓起來了。
……原來會變成這樣啊。

## 閒話　在「五號村」工作的村姑　娜娜・佛格馬

我不相信。一定是假的。誰會上當啊？可惡。竟敢瞧不起人。
什麼叫做只用安全的東西。根本不可能。絕對有問題。裡面加了料。鐵定用了可疑的物質。
證據？這是我的親身體驗。
那是十天前的事，我絕不會忘記。為了填飽肚子，我隨便挑了間店進去。地點在拉麵街。無論挑哪家店，都會端出味道不錯的拉麵，所以我並不擔心。
當時送到我面前的，是一碗料多到誇張的拉麵。

這是給半人牛族吃的拉麵嗎？不是？那麼，是店員弄錯大小了嗎？也不是？我明明點了中碗耶？這就是中碗？這樣啊～既然點了，也只能吃啦。

味道不差。雖然不清楚詳細的用料，應該是豚骨醬油拉麵吧。老實說，這很合我的口味。

儘管味道濃厚，大量蔬菜中和了這點。嗯，麻煩就在於大量蔬菜。

唉，要是拖太久，泡在湯裡的麵就會失去彈性。該怎麼辦……我打量左右兩側的客人。

右邊的客人……原來如此，把麵放到料的上面啊？左邊的客人……向店員要了小碟子，把麵放到碟子上。這也是個方法呢。

不過，雖說店員可能不介意，用過的餐具還是越少越好吧？我開始把麵挪到料的上面。

於是，我結束了以為永遠吃不完的一餐，肚子飽到不行。價格也很便宜。滿足。但是，我暫時不想吃了。

當時我是這麼想的。

儘管如此，我隔天卻來到同一家店。

各位明白吧！這不對勁啊！裡面絕對加了什麼東西！不會錯！要不然，我不可能每天都來！不可能把堆得像山的拉麵吃完，連湯都喝掉！我不是那種男人！

大家好，我的名字叫做娜娜。娜娜．佛格馬。為了管理太陽城而誕生的墨丘利種之一。

剛剛畢莉卡大人將逮到的可疑人物交給我，據說他想入侵已經打烊的店家。時間又是在深夜，我也認為這個人確實可疑。

從畢莉卡大人逮捕他時的對話可知，這個可疑人物似乎想弄清楚拉麵味道的祕密。

唉呀，像這樣的可疑人物也變多了呢～對，和往常一樣，送他進牢裡待幾天，之後讓他勞動一段時間再釋放。

咦？這名可疑人物相當有本事，因此希望分給警備隊？截至目前為止的可疑人物之中，他是最厲害的？哦～

明白了，我會轉告陽子大人。

既然是畢莉卡大人的要求，應該會放行吧。只要這名可疑人物別在牢裡鬧事。

嗯…………？我望向夜空。畢莉卡大人已經飛奔而出。換句話說，看來沒錯。

又有可疑人物了。

新的可疑人物好像是三人組。

整座「五號村」覆蓋在一座小山上，他們從山頂往山麓移動。

山頂有重要設施，所以這三人多半是在回程。難道說他們溜進陽子大人的宅邸了？

我否定腦中的疑問。因為不可能會發生這種事。

畢竟座布團女士的孩子們守在那裡。

那種守備就算是我也沒辦法突破。不，雖然應該進得去，卻出不來。

面對座布團女士的孩子們，能夠從屋內這種有牆和天花板的空間脫離，和奇蹟沒兩樣。既然如此，大概是潛入戈隆商會吧。

我一邊推測三人組的目的，一邊追了上去。

我在和「五號村」有點距離的森林裡追上三人組。

他們正在和畢莉卡大人對峙。

不對，其中兩個已經被畢莉卡大人放倒了。不愧是畢莉卡大人。

還剩一個……應該是使用魔法的戰士吧。對方一揮劍就有雷電飛來。

畢莉卡大人不慌不忙，一劍劈開那道雷電……然後以大動作避開。

嗯？我還以為她會一邊劈開雷電一邊縮短距離，這是怎麼回事？

我觀察畢莉卡大人的動作，只見那名使用魔法的戰士連續放出雷電。畢莉卡大人則和方才一樣，在劈開雷電後大動作躲避。

她躲避的看來不是雷電，而是雷電的旁邊。那裡有什麼東西嗎？

「什麼都沒有喔。」

畢莉卡大人回答了我的疑問。我明明已經躲起來了，卻還是被發現了嗎？

「拜託別偷懶，快繞到對方後面。」

請放心，座布團女士的孩子已經在那裡了。

沒錯，牠們布下絲線，斷絕了可疑人物的退路。

所以，只要畢莉卡大人再加把勁就好。

「講得真輕鬆。」

畢莉卡大人擺出架勢。看樣子要認真了。

用魔法的戰士……似乎想和畢莉卡大人一較高下，對方開始一段很長的詠唱。有此覺悟值得嘉許。

不過嘛，八成贏不了畢莉卡大人吧。

畢莉卡大人沒有動作，等待魔法發動。看來她很期待呢。明明就可以在對方詠唱完畢之前拉近距離出手。

詠唱好像結束了。

畢莉卡大人周圍出現無數電球。

那些電球先撲向畢莉卡大人……再不自然地避開了畢莉卡大人。

然後，畢莉卡大人往空無一物的地方揮劍。她在砍什麼啊？

「剛才也說過了，什麼都沒有喔。」

什麼都沒有？

…………

是真空嗎？

原來如此。畢莉卡大人又躲又砍的是這個。

真是怪物耶。使用魔法的戰士似乎也明白怎麼回事了，舉起雙手投降。

啊，座布團女士的孩子用絲線把那個人綁了起來，倒地的兩人也沒漏掉。有勞你們了。

警備隊應該很快就會趕來，麻煩等到那個時候。

不過是真空啊？

顯而易見的雷電是誘餌……不，大概是製造真空的餘波產生了雷電吧。畢竟真空和雷電的相對位置固定嘛。如果沒有雷電，就算是畢莉卡大人恐怕也很難應對吧。

話說回來，最後電球的動作不太自然耶？

「這個。」

畢莉卡大人拿了幾根鐵釘給我看。

「我帶在身上用來投擲的，不過我聽說這東西對雷電也有效。」

原來如此。

我也帶些在身上吧。如果沒有先見識過，我恐怕會中招。

咦？剛剛那個想竊取拉麵味道的可疑人物，比這個用魔法的戰士還要強？

真的嗎？唉，世界還真大。

警備隊趕到了。我先躲起來。

啊，畢莉卡大人，除了問這三個可疑人物的目的之外，別忘了問有沒有同夥。

我正想拜託她時，另一隻座布團女士的孩子背著信過來。

信是給我的。來自同僚洛克。

呃……原來如此。

這三個可疑人物本來是十二人一組，其中九個入侵了陽子大人的宅邸。這三個人沒有入侵，而是撤退時的掩護人員嗎？

入侵陽子大人宅邸的九人已經由座布團女士的孩子逮捕，而且已經偵訊完畢。了解。

我拿了些餅乾給送信過來的座布團女士的孩子當謝禮。另外也給了剛剛幫忙用絲線捆住三人組的那一隻。

兩位，有勞了。下次再麻煩嘍。嗯，我會把你們的精采表現告訴村長。呵呵。

明明這麼可愛，居然有人會害怕牠們，實在難以置信。

我目送座布團女士的孩子們離去，重新打起精神。

夜晚才剛開始，得好好工作才行。

企圖竊取拉麵味道的可疑人物在牢裡大鬧。

「那個拉麵！讓我吃那個拉麵——！」

…………

我會請人送來，麻煩你別鬧了。
啊，要確實支付拉麵錢喔。從暫時由我們保管的錢包裡掏沒問題吧？

## 1 囚犯

一臉倦容的比傑爾來到村裡。
原以為他是來向外孫女芙拉西亞貝兒尋求慰藉，結果好像是有話要找我談。怎麼啦？
「關於潛入魔王國的密探，我有些事想找村長商量……」
…………
呃……這種事不太適合找我吧？
我這麼告訴比傑爾，結果好像非我不可。好吧。
聽是會聽，不過要找對這些比較熟悉的文官少女組一起……啊，芙勞也要來啊？幫了大忙。
按照比傑爾的說法，似乎有不少國家送密探進魔王國。光是已經查出來的就有十三個國家、二十二組人馬，多達數百人。
我起先還擔心混進來這麼多人會不會出事，不過洩漏一些情報早在預料之中，或者該說給對手情報也是戰略的一環，所以這部分好像不需要放在心上。

「不能外流的情報都有好好保護，疑似會搞破壞的也擺平了，請放心。」

原來如此。所以說，要商量什麼呢？

「其實某個國家的密探在『五號村』被捕，已經關進牢裡了。」

在「五號村」？喔，那些調查陽子宅邸的傢伙嗎？前陣子我接到了逮捕人犯的報告，十二人一組相當多。

「不，不是那些人，而是另一個……」

咦？還有其他密探嗎？

「名字叫做克勞汀。」

就算知道叫做克勞汀也……密探不是會用假名嗎？

「聽說克勞汀使用的假名，都只是把克勞汀稍微改一下。像是克勞佐、克萊瑪斯之類的。」

克勞佐、克萊瑪斯……啊～這麼說來，好像有個人的名字也是這種感覺。

正當我努力回想時，芙勞伸出援手。

「村長，會不會是克拉坦？那個拉麵愛好者（狂人）。」

對，就是他！那個喜歡大碗拉麵的男人，記得就叫做克拉坦。

他堅持拉麵裡頭加了可疑的東西，於是陽子等人為了保險起見而前往調查。我接到了報告，所以記得這件事。

順帶一提，調查的結果是沒問題。但是，不管怎麼想那家店都是把大碗當成中碗，所以在這方面提醒了一下。畢竟吃不完會造成問題。

那種賣大碗又用類似方式將蔬菜增量的拉麵，已經規定店家要對數量設限並採用證照制度。我不會要那家被調查的店同樣採用證照制，但希望他們能多考慮一下吃不完的問題。

言歸正傳。

原來他就是密探克勞汀啊？

…………

他是想竊取拉麵味道而被逮捕的現行犯耶？其他國家特地來偷拉麵的味道嗎？

詢問比傑爾之後，他一臉尷尬地告訴我：

「這個人本來的目的，好像是調查王都。」

也對，畢竟是密探嘛。所以呢，該拿這個克拉汀怎麼辦才好？將他交給魔王國就行了嗎？

「啊～以過程來說是要這麼做，不過……」

嗯？

「其實那個派遣密探的國家暗中找我們交涉，說他們已經做好準備，只要我們肯送還克勞汀就願意和魔王國化敵為友。」

…………真是意外耶。

這麼說或許有些冒犯，但是提起密探都會有種隨時能拋棄的印象。原來也有重視密探的國家啊。

「因為克勞汀是那個國王的私生子……也就是王族之一……」

王族當密探嗎？

「是的。不僅如此，他在劍術和魔法方面的實力好像還是那個國家的第一人。」

換句話說，失去他是一大打擊。

「就魔王國的角度來說，我們也不想因為傷害他國王族而激發不必要的敵意。」

既然如此，將他關進牢裡不也會造成問題嗎？

「不，對方也建議將他關起來。甚至還給我們建議，說是一旦有疏忽，他就會逃跑，要我們別放鬆監視。」

呃……………

該不會那個國家對克勞汀的恨意強烈到願意改變國家方針嗎？

「好像不是……所以說，不知道能不能麻煩您將克勞汀交給我們呢？」

既然不是死罪，應該沒問題吧。

要交給魔王國也是可以……不過從內容看來，找陽子應該比找我快不是嗎？陽子應該也不會為了引渡犯人特地來找我要許可。

「其實已經和陽子大人談過了，但是有個問題。」

問題？

「陽子大人說，克勞汀本人不願意離開牢房……」

……咦？

「原本想說硬把他拖出來就好，但是陽子大人攔阻，說是村長嚴禁對關進牢裡的人施暴。」

我確實下過這樣的指示。

在這個世界，關進牢裡的囚犯待遇很糟。被獄卒拳打腳踢很理所當然，吃飯也吃不飽，有時連睡覺都沒辦法。

雖然有人說這也是刑罰的一部分，我也聽說家屬為了避免囚犯遭到這種待遇而賄賂獄卒已經成為習慣，於是下令禁止。我並不是認為所有的賄賂都不對，但抓人不該是為了充實獄卒的錢包。

我應該已經給了足以讓獄卒不需要收賄的薪水才對。還有，一旦出現這種賄賂行為，因為小事被抓起來關的人有可能就會變多。

禁止才是正解。儘管意識改革需要時間，看來目前還能維持下去，太好了。

可是不願離開牢房是個問題呢。這點希望能彈性處理……擅自放寬規矩也會造成問題。改天和陽子商量一下好了。

總而言之，要先解決克勞汀的引渡問題吧。我跑一趟「五號村」直接下令應該比較快。

我前往「五號村」的牢房和克勞汀見面，告訴他要把他遣返回國。

一聽到我這麼說，克勞汀雙手握住牢房的欄杆，堅決地這麼回答：

「在你們允許我去那間拉麵店工作之前，我絕對不會離開牢房！」

這種要求，你跟我說也沒用啊。

…………

## 2 拉麵堅定不移

我無法處理克勞汀的要求，因此只能拜託那間拉麵店。

假如動用身為「五號村」村長的權威，或許能夠讓拉麵店接受，但是我不想這麼做。

所以，我帶著比傑爾和芙勞前往那間拉麵店。因為克勞汀向我哭訴。

「我不是會提出這種莫名其妙要求的男人。真的。只是一想到那裡的拉麵，我的腦袋就會變得不對勁。我到底是怎麼了……」

總而言之，我打算將克勞汀的意願轉告拉麵店。

抵達拉麵店時，門口大排長龍，看得出生意興隆。

芙勞給了個建議，說是與其突然切入正題，不如當個客人進去之後再試著聊一聊。我決定照她說的去做。

我們三個排了一陣子之後進入店裡，按照店員的引導坐到吧檯前。菜單的中碗旁邊標上了【量多】，應該是指導的結果吧。

另外，為了不識字的顧客著想，店員也會在點餐時提醒。

「我們的中碗和平常的中碗不一樣。如果對食量沒有自信，麻煩點小碗。」

…………

語氣帶了些挑釁，大概是這間拉麵店的特色吧。

不過嘛，我可不會受到挑撥。比傑爾和芙勞想必也一樣。我們互看一眼，點點頭之後開口說：

「「「中碗。」」」

我沒有受到挑撥。只是肚子餓而已。

味道不差，喜不喜歡要看人。

但是量。果然分量是問題。

比傑爾、芙勞，你們沒問題嗎？我不行了。找個地方坐下吧。

比傑爾和芙勞不反對。

我們來到賣甜點和茶的店「小黑與小雪」，找了個座位休息。

代理店長姬涅絲塔雖然投來奇怪的眼神，什麼都沒說。因為我們點了茶卻都沒碰嘛。抱歉，讓我們稍微休息一下。

啊～肚子好難受。

「健康的身體」在做什麼啊？不，我明白。「健康的身體」會幫忙擋下傷病，但像這樣吃太撐是不會幫忙擋下的。

都要怪我吃太多。一時氣昏了頭。要反省。

回去在神像前獻上供品，請求神原諒我吧。

比傑爾，不要逞強。隨便亂動會逆流喔。知道了，你躺下吧。我同意。我同意這麼做，所以你就躺下吧。

芙勞，不要趴下。往上。往上看！然後把腦袋放空。這樣最好。我也不想去思考了。

休息大約一小時後，我們三個都緩過來了。

冷掉的茶味道不怎麼樣，但這是我們自己的錯，不能怪別人。

至於克勞汀，他沒辦法去那間拉麵店工作。吃完後我姑且還是詢問店長了，想知道他們有沒有在招募員工。

很遺憾，由於不久前才剛僱用幾個人，現在沒打算招募。

確實，現狀來說人手已經夠了，甚至還有點過剩吧。嗯……該怎麼辦呢？

就在我傷腦筋時，芙勞舉手想要發言。

「我方的目標，是讓克勞汀返國。如果讓他進拉麵店工作就更難達到了，被拒絕不是正好嗎？」

相對地，比傑爾表示：

「這麼一來，他就不會離開牢房。別看克勞汀那樣，他也是個有本事的武人。如果硬把他拖出牢房碰上抵抗，反而會造成損害。」

「交給座布團大人的孩子們不就好了嗎？」

「一個想和我們建立友誼的國家，能這樣對待他們的王族嗎？這麼做反而會引發戰爭。」

「唔……也就是說不能動武嗎？」

比傑爾和芙勞都好過分。

如果是座布團的孩子們，會溫柔地把人綁起來喔。應該吧。

「村長，不能用綁的。必須讓克勞汀自願才行。」

「但是，父親大人，他去拉麵店工作也一樣吧？我不覺得他會乖乖返國耶？」

「這樣等於我方同意讓他去拉麵店工作的要求，藉此也向他提一個要求。而這個要求就是返國。只要能讓他回去一趟，就等於達成那個國家的委託。至於克勞汀之後要去哪裡，則是他的自由。」

「原來如此。這麼一來，就不能拿工作的事欺騙他了。」

「欺騙是下策啊。」

「真麻煩耶。」

兩人同聲嘆息。他們果然是父女。

我們付了錢給姬涅絲塔，走出店門。

總而言之，我們三個什麼主意都想不出來，結論是求援。

於是我們前往陽子宅邸尋找有沒有人能幫忙，然後抓到了娜娜。反正她知道克勞汀的事，所以正好。我立刻找娜娜商量。

「克勞汀先生的目的並非去那家拉麵店工作，只是想待在那間店附近，所以應該可以不用拘泥於那份工作吧？」

……………原來如此。

那麼，如果不拘泥於工作，該怎麼做才好呢？

「村長應該能重現那裡的拉麵吧？假如您說要教克勞汀先生拉麵的做法，我想他就會出來了。」

怎麼可能有這種蠢事。

克勞汀出來了。

起初求職被拒一事令他很失望，就連我說要教他做拉麵也沒聽進去。

可是，同行的娜娜一說到我會擺攤賣拉麵，克勞汀的態度就變了。

「請讓我喊您一聲師父。」

呃，我沒那麼偉大……算了，願意從牢裡出來就好。比傑爾看來也鬆了一口氣，開始準備讓克勞汀返國。

克勞汀也答應，只要學做拉麵學到有一定程度的火候就會返國，所以我也得好好加油。

我們到「五號村」山麓一角搭起帳棚，讓克勞汀在這裡修行。

比傑爾和芙勞回村了。說是做拉麵他們幫不上什麼忙。

娜娜幫忙搭了帳棚，但是搭完就回去工作了。抱歉，謝啦。

話說回來，畢莉卡為什麼在這裡啊？我的護衛？喔，怕克勞汀危害我啊？從他的模樣看來應該不用擔心……不過我就接受吧。

我們以比傑爾的傳送魔法移動到「五號村」，所以我沒讓格魯夫和達尬同行。晚點大概會被罵吧。反省。

只過了兩天，克勞汀就氣餒了。

我也覺得很氣餒。要讓克勞汀學會做拉麵，我實在沒辦法。克勞汀沒有下廚經驗，而且笨手笨腳。

「嗚嗚……沒想到把日常生活的雜事都交給傭人打理，居然會在這種地方扯自己後腿……」

順帶一提，他的母親不是平民，而是公爵家千金。

所以，儘管身為私生子，生活待遇依舊很不錯。

…………

真虧你這樣還能在魔王國當密探耶？你只有一個人吧？吃飯怎麼辦？

「靠錢解決。」

原來如此。

不過這下子就麻煩了。怎麼辦？我第一次碰到廚藝這麼糟的人。

不，更正。還有其他差不多糟的人物在。文官少女組。

她們曾經幹過「直接把食材放到盤子上」這種事。現在已經有所改善，想來是鬼人族女僕們指導的成果。

對喔，是不是該找鬼人族女僕幫忙啊？

就在我這麼煩惱時，來了一個可靠的幫手。

優莉的朋友之一，在「五號村」從事音樂活動的女性。同時也是一位拉麵愛好者，通稱拉麵女王。

「聽說您因為拉麵的事情煩惱，讓我來幫點忙吧。」

## 3 心中的拉麵

我向拉麵女王說明克勞汀的事之後，拉麵女王露出奇怪的表情。

「就算學會怎麼做想吃的拉麵，回國後也派不上用場喔。因為弄不到食材。」

…………咦？是這樣嗎？

拉麵女王彷彿要回答我的疑問一般，向克勞汀提問：

「你的國家弄得到這裡的食材嗎？」

拉麵女王指著克勞汀為了重現想吃的拉麵所準備的食材。

…………

克勞汀一臉絕望，大概是弄不到。

糟糕。確保食材進貨管道是基礎中的基礎，我疏忽了。

可是，這麼一來該怎麼辦才好呢？

「請交給我處理。」

拉麵女王這麼說著，微微一笑。

三天後。

「五號村」山麓一角，拉麵女王與克勞汀面對面打坐冥想。

…………

原來還有打坐這種文化啊？

就在我驚訝時，兩人就像說好似的睜開眼睛。然後，拉麵女王起身擺出架勢。

「拉麵是心！」

克勞汀跟著擺出架勢。

「拉麵是愛！」

…………

兩人就這樣一動也不動，就在我感到疑惑時，克勞汀跪了下來。

「唔！我還差得遠。」

「知道自己的不足，才算踏出第一步，幹得好。」

「師父……」

「走，去吃拉麵吧。」

「是！」

搞不懂。

雖然搞不懂，我知道「師父」這個稱呼被拉麵女王搶走了。

「啊，大師父也一道來如何？」

不對。看來我在不知不覺間升級為大師父了。這是好事嗎？還有，感謝你們邀約，恕我婉拒一起吃拉麵這個提議。這幾天一直吃拉麵，我想吃點別的東西。

…………

我講的話有奇怪到讓你們露出那種表情嗎？

拉麵女王傳授克勞汀的方法，就是讓拉麵存在於心中。

嗯，別擔心。我也不懂。
拉麵女王為我解釋了差不多五遍，可是還是不行。
「因為大師父已經和拉麵融為一體了，境界和我們不一樣吧？」
「原來如此，不愧是大師父。」
你們在講什麼啊？
不，還是別追究吧。總覺得會被牽扯進莫名其妙的世界裡。還有，不要拜我。也別創立什麼新宗教。把招牌撤掉。看，連想入教的都跑來了耶？
我說啊，你們別跑來加入有「一天吃一次拉麵」這種嚴格教義的宗教。
我本來要趕走這些想入教的人，卻有幾個人以熱情說服拉麵女王，得以和克勞汀接受同樣的教導。
…………
這與我無關吧？既然如此，由拉麵女王擔任教祖就行了吧？
「拉麵是您創造的，所以您是神。」
不，這不是我創造的，我只是重現故鄉的料理…………不行，講了也不聽。
算、算了，宗教的事先擺一邊吧。重點是克勞汀。
如果能夠像拉麵女王講的一樣讓拉麵存在於心中，克勞汀就願意回國了嗎？
「因為心中時時有拉麵，就算沒得吃也忍耐得了。」
「是的。現在我就算不吃那個大碗拉麵也忍得住了！再來就剩下距離問題……要遠離拉麵店，我忍耐得了嗎……」

「只要心裡有拉麵，就等於沒距離。」

「我會努力。」

雖然搞不懂，我決定相信拉麵女王和克勞汀。

所以比傑爾，能不能再給點時間啊？

畢竟他已經答應，只要心中有拉麵就回去。嗯，我覺得耐心等待才是正解。

咦？差不多再五天就行了？

相信拉麵女王吧。

五天後。

我、拉麵女王、克勞汀，還有比傑爾，來到「夏沙多市鎮」的港口。

「師父、大師父，承蒙你們關照了。」

「忍不住的時候，記得要冥想。拉麵就在你身邊。」

「是！」

克勞汀在兩天前成功戒了一整天拉麵。

於是昨天，他早中晚都吃拉麵。可能就是因為這樣，他顯得神清氣爽。

「回到母國之後，我會請求父王致力於和魔王國的貿易上。到時候，可以搬出師父的名號嗎？」

「若是國際貿易，我力有未逮。大師父應該有辦法吧？」

跟我說也沒用啊。

我看向比傑爾，比傑爾一副「真拿你沒辦法」的模樣遞了個木牌給克勞汀。

「上面寫著一間我有往來的商會名稱與地點。只要搬出克洛姆的名號，他們應該就會願意聽聽你想說什麼。為了避免濫用，我們先決定暗號吧。」

「那就用『拉麵』。」

「可以的話，我希望選個比較少用的詞。」

「『蔬菜增量』。」

「雖然不太明白，這和拉麵有關對吧？能不能別扯到拉麵啊？」

「別扯到拉麵……」

克勞汀考慮了很長一段時間。

比傑爾，不能用和拉麵有關的詞語當暗號嗎？

「不是不行，但是必須再長一點。如果只是個簡單的詞，有可能不知不覺就說出來了。」

原來如此。

那麼，就加入克勞汀用過的假名……類似這種感覺怎麼樣？我給了建議後得到採納。

「暗號就用『給克拉坦一碗大碗拉麵』。我記住了。絕對不會忘。」

克勞汀這麼告訴我們，然後登上船。

比傑爾用傳送魔法送他回去應該比較快，但是魔王好像曾經交代過不能送。因為不宜讓對方見識到傳送魔法有多好用。

這麼做確實會引起對方的戒心。要是對面發生綁架案，搞不好會栽贓給比傑爾，別送才是正解。

確認克勞汀搭乘的船離港之後，這次的事件告一段落。

有種卸下重擔的感覺。

「大師父，您好像鬆了口氣，但我想克勞汀大概半年左右就會回來嘍。」

咦？是這樣嗎？

「因為修行時間短，只靠心中的拉麵頂多忍耐半年。」

考慮到移動時間……克勞汀在母國應該能撐上三個月左右吧？

「還有，這是克勞汀給您的賠禮。」

拉麵女王將一捆羊皮紙交給我。

這是什麼？

「克勞汀調查的情報，上面列出潛入『五號村』和『夏沙多市鎮』的密探。希望能派上用場。」

…………

我本來想把這捆羊皮紙交給比傑爾，但他不肯收。好像是有什麼不祥的預感。真巧，我也是。

「村長，請交給村裡的文官少女組。這件事應該歸她們管理才對。」

是這樣嗎？啊，不過之前好像也曾經談過類似的事。

「至於我這邊，請用『收到她們的報告』這種形式讓我知道。」

我明白了。

無論如何，這一趟實在很累，我們回村裡吧。對了，拉麵女王，這次妳幫了大忙。我知道。作為報酬，我要擺拉麵攤子時會聯絡妳。

「非常感謝您。如果又碰上與拉麵有關的困擾，還請通知我一聲。」

我回到村裡，決定悠閒一下。

畢竟離收穫還有段時間嘛。要不然克勞汀的事我也不至於牽扯這麼深。

這段時間都在吃拉麵，真想吃點別的東西。對了，就吃披薩吧。

妖精女王，我知道妳想要甜點披薩，但是別把鮮奶油擠到沒烤的披薩餅皮上。

不，烤過的鮮奶油也不壞，但是……我想應該不是妳期待的那種味道喔。

## 4 梅醬山藥

秋季某日。

我想找飛毯，卻沒找到。它跑去哪裡了呢？

疑惑的我在屋裡閒晃時找到了。飛毯成了孩子們的午睡床。本來想拜託它運東西，看來沒辦法。

不得已，只好另外找幾個人……座布團的孩子們舉起腳。

地點有些遠，沒問題嗎？沒問題？好，那麼就拜託嘍。嗯，我當然也會一起去。

目的地是「大樹村」西邊的森林。

不會到河邊，就在途中的養蝦池附近。我帶著散步的心態出發。

同行的座布團孩子們在我周圍散開，保持警戒。

雖然散開了，由於數量不少，看起來就像一團以我為中心的黑色物體往前進。不過，也只是看起來像罷了……

座布團孩子們的更外圍，小黑的子孫們一如往常擔任護衛。我和小黑四的伴侶耶莉絲對上眼，牠怪我不該丟下牠們。

不不不，我本來打算找你們喔。可是你們當時從鬼人族女僕那邊領到大號秋刀魚的頭咬得正開心，我想說不能打擾你們……這應該叫做藉口吧。抱歉，下次會記得找你們。

可能是對我的道歉很滿意吧，耶莉絲領著幾隻地獄狼領頭前進。我還以為會來我身邊……是要讓給座布團的孩子們嗎？讓牠費心了呢。改天彌補牠們吧。

不過，耶莉絲知道我的目的地嗎？算了，反正只要往前走就好，沒問題吧。

我重新打起精神，和座布團的孩子們一起走。

我們抵達養蝦池附近，耶莉絲牠們已經在那裡等著。

乍看之下什麼都沒有，仔細觀察就會發現周圍的樹上纏著藤蔓。那是山藥的藤蔓。

我的目的就是這些山藥。

當然，它們並非天然生長，而是多虧了「萬能農具」的努力。

既然用「萬能農具」能夠種植，那麼種在村裡的田地不就好了嗎？有人這麼認為，而我也這麼想。

可是，我想到山藥時剛好就在這裡，從此這裡就成了山藥產區。

雖然為了採收必須進森林這點不太方便，多少能轉換心情。

好啦，為了讓座布團的孩子們幫忙搬運，必須把山藥挖出來。

如果山藥可以折斷，要挖倒是不難。然而，要在不弄斷山藥的情況下把它們挖出來就有點難度，需要體力和耐心。據說挖一根山藥花上幾個小時也不稀奇。

我使用「萬能農具」來挖，所以沒有那麼辛苦。還有，我覺得反正調理時要切開，採收時弄斷應該也沒差。

不過，文官少女組很在意山藥的賣相，高等精靈、山精靈和鬼人族女僕們則不知道為什麼看到沒斷的山藥會很開心，所以我會小心別弄斷它們。

讓座布團的孩子們等也不太好意思，所以我很快就挖了約五十根出來。

座布團的孩子們用絲線將我採收的山藥捆成一團。比較小的山藥可以吃喔——這麼告訴牠們之後，座布團的孩子們便湧向小山藥，轉眼間就消失了。努力點多採收一些是不是比較好啊？

而且我還想分給擔任護衛的耶莉絲牠們……啊，耶莉絲，那個大小的我想帶回去。稍等一下，這邊的應該會比較小。

從藤蔓的生長狀況可以大致看出來對吧？試著一挖……咦？還挺長的。

…………

我知道了，這些就給你們吃吧。

在座布團的孩子們揹起挖出來的山藥之前，我請牠們陪我繞點路。

不是養蝦池，而是反方向。稍微走一段路有塊平坦的大岩石，我拿這塊岩石當屋頂挖了個地下室。

其實我在這裡藏了一些屬於我個人的酒和發酵食品。畢竟要是放在村裡，不知不覺就會消失嘛。

特別是酒。

我知道犯人是酒史萊姆。因為牠偶爾會留下獎勵牌當酒錢。有這種智力卻還會偷酒喝的，也只有酒史萊姆了。

偷喝酒說起來也沒什麼大不了的，但是想喝酒時沒得喝會很難受。還有，想放一陣子的酒憑空消失也讓人不太高興。

因此才有這個位於村外的地下儲藏室。

放在村外也有可能遭到魔物或魔獸破壞，但是這裡一來被「大樹村」、「一號村」、「二號村」以及「三號村」圍住，二來應該是離養蝦池很近，所以目前還沒出過事。或許是因為在這附近亂來會觸動小黑家族的警戒網吧。

這一回，我要從儲藏室裡拿出來的是梅干。我想拿來切碎，然後拌山藥吃。

村裡也有梅干，但是先前做拉麵用掉了。都怪鹽味拉麵和梅干太搭了。用掉的份必須補充才行。

把山藥放在這裡……會不安？要帶著走？這樣啊。抱歉。地點就在附近，原諒我吧。

看吧，就是那塊平坦的大岩石……咦？平坦的大岩石就在那裡，和往常一樣沒什麼差別。可是，岩石旁邊有個陌生的東西。

有天花板和柱子，但沒有牆壁的建築。乍看之下像是公車站牌，實際卻不是。

因為屋頂下不是讓客人坐著等公車的長椅，而是酒吧的吧檯。

從屋頂、柱子和吧檯的髒汙程度，看得出來是最近才蓋的。

剛剛才蓋的啊？哦～

回答我的，是躲在吧檯底下的三名矮人。為什麼要在這種地方弄吧檯？不，不用回答我也知道。我該稱讚他們沒有擅自把酒從儲藏室拿出來。

然後，我敗給他們一看見我走進森林就抱著木材跑來這裡蓋吧檯的辛勤。

我從岩石下面的儲藏室裡，拿出放了好一陣子的梅酒壺交給矮人們。這邊是森林，注意別喝到不省人事。不要直接喝……啊，你們準備了用來兌的水啊。連下酒菜都有。

雖然想奉陪，不能讓座布團的孩子們等。

我從儲藏室裡拿出裝了梅干的壺。

…………

然後分了些山藥和梅干給矮人們。

我出聲呼喚座布團的孩子們與小黑的子孫們返回村裡。真期待吃到今晚應該會上餐桌的梅醬山藥。

## 5 西瓜與甜栗

我在巡田。

雖然用「萬能農具」種植占了很大的因素，結實的情況不錯，我很滿足。

儘管如此，也有需要反省的地方。

小麥田的正中央看得到圓滾滾的西瓜。大概有三顆。

理由一清二楚。我用「萬能農具」開闢麥田時，分心想到了西瓜。

不夠專心。

因此，這種事每年都會發生一次……不，兩次……不，十次左右吧。反省。

然後，這些長錯季節的西瓜，如果出現在夏季的田地倒還不成問題，但它們長在秋季的田裡，所以我沒打算賣出去。

如此一來，就得在村裡消耗掉，但是數量這麼少該怎麼處理呢……咦？圓滾滾的西瓜旁邊，插了一塊寫著妖精女王名字的牌子。

……

詢問顧田的座布團孩子之後，才知道妖精女王在西瓜長出來前就已經發現，還澆水照料它們。

原來如此。真希望她好歹和我說一聲……不過，既然她花費時間照料，那好吧。這些西瓜就交給妖精女王。

不過，得提醒她別向孩子們炫耀才行。畢竟現在不是夏天，不能補種西瓜。

就在我這麼想的時候，妖精女王出現了。還領著一大群孩子。

……

孩子們一看見我，就拿妖精女王當盾牌。真是團結。雖然妖精女王很困擾。

啊～裡面也有好幾個是我的孩子……不需要躲吧？你們看來也還沒踩進田裡。還是說，你們做了什麼會挨罵的事嗎？

看見妖精女王跑進田裡卻沒有說……這確實不對，但是妖精女王努力當你們的盾牌，背叛人家可不好喔。

不過嘛，我本來就沒打算出手，所以也用不著盾牌就是了。

我把西瓜交給妖精女王和孩子們。

可是不管怎麼想，西瓜相對於孩子們的人數來說都太少了。怎麼辦？就算切開來分給大家，也只能分到一小塊。

儘管我為此擔憂，妖精女王和孩子們好像已經有了主意。

他們沒把三顆西瓜直接吃掉，而是加工成糖漿，然後把糖漿淋到刨冰上面。原來如此，這麼一來量就不成問題了吧。

問題在於……季節吧。秋收將近，也就代表冬天快到了。雖然白天還很溫暖，卻不能大意。注意別吃太多讓自己著涼了。

順帶一提，刨冰由我用山精靈造的機器製作。

真的不可以吃太多喔。否則我會挨罵。

刨冰已經給妖精女王和孩子們了，於是我回到屋裡。

除了西瓜之外的收成還要再等一陣子。將刨冰機放回既定位置後，我把多出來的西瓜糖漿交給待在廚房的鬼人族女僕們。

這麼說或許強人所難，希望妳們把它用在料理上。如果真的沒辦法，拿來代替砂糖也行。

……慢著。這不是我給妳們的挑戰或作業，別那麼認真。冷靜一點。放輕鬆。對，不要看得太嚴肅。

對，如果是給妳們的挑戰，準備的分量會更多。只是因為丟了可惜，我才想說能不能拿來用，僅此而已。

我把西瓜糖漿硬塞給鬼人族女僕們，隨即離開廚房。

……

一來到宅邸的會客室，便看見基拉爾和古隆蒂窩在暖桌裡。

已經把暖桌搬出來啦？算了，沒差啦。

古隆蒂窩在暖桌裡剝甜栗。然後，她把剝好的甜栗送進等在旁邊的歐爾左右任一張嘴裡。

歐爾開心地搖著尾巴，等待下一顆甜栗。

甜栗。顆粒不大，常標上「天津甜栗」這個名稱販賣的栗子。甜栗正如其名很甜，很好吃。

……

一開始我種的栗子是大顆的那種，為餐桌增色不少。栗子飯很好吃。

不過，某天我突然注意到一件事。那就是小栗子在哪裡啊？

老實說吧。我原本以為甜栗是大顆栗子還沒長大的模樣。

沒想到其實是栗子的品種不同。注意到這點的我一邊想著甜栗一邊揮動「萬能農具」，這才見到甜栗。不過，真虧我注意到了，我想讚美一下自己。

採收甜栗之後，調理費了點工夫。

我在處理大顆栗子時已經學會該怎麼做，所以沒讓栗子爆開，但是一般的烤、蒸手法，會因為甜栗太小而效果不佳。

我好不容易才想起該怎麼調理甜栗，找到了燒熱石頭加進去拌炒的方法。

炒的時候，我很煩惱要不要加砂糖。加入砂糖是為了增添香氣和色澤，目的不在味道。照理說應該是這樣，所以不需要加糖。話雖如此，由於村裡就能製糖，我心想不需要小器，還是加了。

這樣炒出來的甜栗很好吃。只不過，炒過之後在保存和剝殼都需要訣竅，所以在村裡不怎麼流行。明明很好吃。

古隆蒂在村民裡算得上很會剝甜栗。大概是因為她對力道的拿捏很巧妙，還有性格因素也產生了影響也說不定，她也會細心地去掉很難剝乾淨的澀皮。

哈克蓮和拉絲蒂手指一壓就會把甜栗壓爛，露和蒂雅則被澀皮搞得很不爽。

其他擅長剝甜栗的……應該是芙勞吧。只不過，不懂怎麼剝的人會跑來拜託她，讓她剝得很累。

目前高等精靈們忙著改造裝在拇指上的暗器，要把它做成剝……不，剖開甜栗的工具。等到完成之後，甜栗在村裡或許會更受歡迎。真期待。

山精靈們已經完成甜栗專用的自動調理機，因此正在考慮要不要賣到村外。

話說回來，古隆蒂。

歐爾旁邊還有個一樣張開嘴巴在等的基拉爾，妳不餵他甜栗嗎？喔，吵架還沒和好啊？

原因是……對於古拉兒和火一郎關係的見解不同？

……趕快和好吧。

還有，歐爾，不要每吃一顆甜栗就對基拉爾炫耀。這麼做會引發無謂的爭端。

之後我在村裡巡視，到了晚餐時間便前往宅邸餐廳。

晚餐是煎餃。煎好的餃子整整齊齊地擺在大盤子上。

一開始是我做的，不過鬼人族女僕們經過一番研究，做出來的煎餃已經遠比我做的好吃。

雖然不甘心，食物當然越美味越好。

…………怪了？

咦？該不會……

待在廚房的鬼人族女僕，集合！

餃子裡有包了西瓜糖漿的，這是怎麼回事？

玩心？玩心很重要，但是用不著加入運氣成分。好好反省。還有，包了西瓜糖漿的有幾個？

十個……相當多耶。

這天的晚餐，稍微吵鬧了點。

## 小話　地獄狼的排序

小黑牠們那些地獄狼有排序。

基本上只有公狼有排序。母狼則排在異性伴侶的下一個。

所以，目前由上而下依序是小黑、小雪、小黑一、愛莉絲、小黑二、伊莉絲、烏諾、小黑三、小黑四，然後是耶莉絲。

這個排序雖然有絕對性，卻不是不會更改。如果排在後面的公狼和排在前面的公狼決鬥後贏得勝利，或者對於族群有重大貢獻，就會使得排序出現變動。儘管如此，依然幾乎是固定的。

大多數都是出生不滿一年的年輕個體才會挑起決鬥，挑戰對象則是差不多同時期出生的地獄狼。換句話說，只有決定年輕世代排序的一環。

再來就是來自族群之外的個體加入排序時會爭鬥，不過基本上只停留在低階地獄狼。

貢獻族群的手段很多，但是每隻地獄狼本來就會按照排序分配任務，除非碰上極為例外的狀況，否則很難出現足以特別嘉獎的貢獻。

所以，小黑的地位（領袖）不會變。躺著不動也安安穩穩。

………

不會被下剋上嗎？

就算小黑一、小黑二和小黑四是親生兒子不會想這種事……我瞄向就在附近的烏諾。牠全力搖頭，表示絕對不幹。看來小黑的地位確實安穩。

這倒是無妨，不過沒有上進心也是個問題吧？就在我這麼想時，烏諾卻告訴我：「和什麼上進心無關，這是職責分擔。」是這樣嗎？

我再度看向仰躺得很舒服的小黑。

………

牠擔負了什麼啊？

………

我這麼想之後隔了幾天。

宅邸一角，小雪、愛莉絲、伊莉絲、小黑三，以及耶莉絲吵成一團。

事情始於今天早上。

某隻今年出生的小黑子孫偷偷在宅邸外牆撒尿被發現，「排泄要在規定地點」這條規矩沒有落實。

於是小雪生氣了，質問愛莉絲、伊莉絲、小黑三和耶莉絲是怎麼教孩子的。可是，愛莉絲牠們也有理由，於是吵成一團。

這時看上去比平常還要有威嚴的小黑走到小雪牠們那邊叫了一聲。內容聽起來是「我明白妳們各有各的道理，但是先讓腦袋冷靜下來」……之類的？

小雪牠們聽到後面面相覷，隨即解散。原來如此，小黑也有在做事呢。

剛剛不知躲在哪裡的小黑一、小黑二、烏諾和小黑四跑出來讚美小黑。小黑看來也很滿足。

嗯？怎麼啦？小黑一牠們就這樣領著小黑……來到走廊……繼續往前……進入房間？

…………

在那間房間裡能看到坐在地上不停發抖的小黑子孫，還有一臉怒容的安。

照這個狀況看來，就是那隻發抖的小黑子孫在宅邸外牆小便吧？從小黑一牠們的反應看來，好像是這樣。

然後，小黑一牠們往安走去，不知是想救出那隻幼狼還是想討好安。

實在不想過去的小黑趴在門附近，表現出堅決不肯的態度。結果小黑一牠們用鼻子把小黑頂過去。

小黑雖然想抓住地板抵抗，牠知道會被安瞪，所以不敢這麼做。於是趴在地上的牠就這麼被送到安的面前。安看著這一幕。

接下來會怎麼樣呢？小黑起先還趴在地上偷偷打量安，不過很快就乖乖坐好。大概是認命了吧。待在後面的小黑一牠們也一樣乖乖坐著。

然後，小黑一臉比平常還要正經五成的表情低頭道歉。安沒有動作，小黑牠們也沒有動作。
過了很長一段時間。
不，實際上大約三十秒而已。安先有了動作。
「小黑先生，這孩子雖然不是您直接生的，身為一族之長，還請您讓規矩落實。」
小黑再度低下頭，表示他明白了。
「那麼，之後就交給小黑先生處理了。」
安這麼說著，然後走出房間。可是就算是這樣，小黑牠們依舊垂下頭動也不動。因為安說不定會回來，不能展現有所鬆懈的姿態。好像是過往經驗讓他們這樣做。
過了大約五分鐘，小黑牠們才有動作。小黑往發抖的幼狼輕輕叫了一聲，感覺就像在告訴牠要好好守規矩。
發抖的小黑子孫無力地垂下頭，接著走出房間。看來已經深切反省了。
然後，小黑往小黑一牠們響亮地叫了一聲。不要總在這種時候才找我——大概是這種感覺吧。
然而，小黑一牠們好像沒當一回事，跟著發抖的小黑子孫離開了房間。小黑對孩子們重重地嘆了口氣……然後看向我。
小黑不高興地來到我身邊。抱歉，我不該只是旁觀，應該伸出援手。
不過敢面對生氣的安，你很了不起喔。嗯？看你的腳……在發抖呢。這樣啊，原來你不是不怕啊？好乖、好乖。

我摸摸小黑的頭，然後幫安緩頰。安也是為了這間屋子著想，會責備你們並不是因為有什麼怨恨。你懂吧？這樣啊，那麼就麻煩你照安交代的做，要讓規矩落實喔。或許會忍不住，至少別尿在外牆上。畢竟牆會爛掉嘛。

就在我這樣安慰小黑時，小雪過來把小黑推走。小黑似乎想抱怨，但在小雪一瞪之下還是乖乖把位置讓出來了。

啊～氣小黑沒在和愛莉絲牠們吵架時站在牠那邊是吧。小黑好聲好氣地告訴小雪這也是不得已，卻被小雪拍了一掌。夫妻感情真好。

…………

不過，排序到底算什麼啊？我一邊摸著小雪的頭，一邊這麼思考。

## 6 小屋

村內的居住區，不死鳥幼雛艾基斯在世界樹根部忙得不可開交。

…………

牠好像正在用鋸子將不知從哪裡弄來的大量木材切割成同樣的長度，再用刨刀修整，用鑿子加工。

從加工的情況看來，應該是「五號村」產的木材吧？我觀察打理好的木材……看樣子，好像是加工成建材。

要搬來這裡嗎？不是？為鷲蓋新家？

你說鷲的家……鷲的巢在世界樹頂端吧？出了什麼事嗎？

那裡太開放了，所以要幫牠蓋個家？原來如此。

這麼說來，雖然我沒見過，鷲的巢應該是一般的鳥巢吧？因為這樣要幫牠蓋一間新家，艾基斯也挺貼心的。

不過，從建材看來，感覺會變成一間普通的屋子耶？還有門對吧？鷲能用嗎？

我正想這麼告訴艾基斯，卻被鷲擋住了。

不能白費艾基斯的心意。鷲表示無論蓋出什麼樣的家，牠都會想辦法利用，所以別阻止艾基斯。

我認同這份心意，但是要考慮身體構造，不可以勉強自己喔。畢竟艾基斯……那個，各方面來說都比較特別。

看著艾基斯一板一眼地用著刨刀，我不禁這麼想。

好啦。

我看向距離世界樹不遠處——高等精靈家的花壇。目的不是花，而是被花壇擋住的山精靈。

為艾基斯準備專用工具的，就是妳們吧？

高等精靈們在山精靈旁邊一臉「牠是我徒弟」的表情，指導艾基斯建築技術的八成就是這些人。

唉，這倒是無妨，反正又不是什麼壞事。希望妳們不要只教艾基斯，也能教教孩子們。
啊～學得最好、最有天分的是艾基斯嗎？這樣啊～孩子們，加油。
不過，既然妳們很閒，能不能陪我一下呢？喔，看見艾基斯蓋房子刺激到我了。我要在宅邸中庭蓋間小屋，希望妳們來幫忙。

不過嘛，雖說是小屋，我想要的其實是一個帶有和風的房間。
一部分是兼當玄關的土間，另一部分鋪上榻榻米。其中一面牆壁最好是拉門，屋頂用茅草蓋……啊，有簷廊更好。
這間小屋的目的……呃…………是什麼啊？
別在意。目的就是把它蓋出來，所以完工之後再想吧。
中庭裡陽光充足的地方……已經被雞群占領了，所以我請牠們挪一下位置，決定就蓋在這裡。
首先拉起繩子，確認大概的範圍，再和高等精靈們討論一下，然後準備木材。由於是平房，應該用不到太多，不過蓋一間屋子還是需要不少木材。
就在我擔心加工木材可能會有點麻煩時，來幫忙的高等精靈和山精靈增加了。還多出獸人族女孩和座布團的孩子們。謝謝你們。這麼一來應該很快就能完工。
啊，小黑的子孫們也在嗎？呃……不要勉強，幫忙加油就行了。嗯，加油打氣。讓人安心不少喔。

如此這般，小屋大約三天就完工了。嗯～人海戰術真了不起。

鋪在裡面的榻榻米，是從完工面積倒推回去的訂製品。所以，雖然是四張半榻榻米，卻和實際的四張半不一樣。

算了，改天再統一規格吧，現在先別管。總之這個屋子鋪了四張半榻榻米。

拉門也是訂製的。山精靈們在門框內搭上木條後加工，再貼上紙製作而成。

看上去比我想像中的拉門還要高級。山精靈，妳們真厲害！

屋頂的茅草也很紮實。這部分由高等精靈們負責。

我明明只有提出要求……或者說簡單解釋一下，她們就弄了個像樣的日式茅草屋頂出來。

實際上好像不是茅草，而是能承受這種運用方式的草……但是我不在意。反正我也不知道茅草是什麼樣的草。茅草好像是好幾種草的合稱？

細節先擺一邊，總而言之完工了。

…………

我重新打量完工的小屋，腦中想到的是……茶室。嗯，就是茶室吧。

要不要拿掉一部分榻榻米，清一塊地方擺爐子呢？用得上嗎？

我躺在榻榻米上。嗯～

…………

榻榻米……不，藺草的氣味果然很好聞。

「五號村」的陽子宅邸也有個鋪榻榻米的房間，可是那裡被陽子占據了。我要死守這裡。
好，總而言之，為了慶祝完工來烤肉吧。必須報答幫忙的人才行嘛。
烤肉應該盡可能離小屋……叫茶室就行了吧。
雖然想在茶室附近烤肉，我不太敢讓火靠近這裡。要是剛完工就燒光，我恐怕會沮喪好幾天。
所以要在遠一點的地方烤肉。喔，儘管是為了感謝來幫忙的人，沒幫忙的人也可以參加喔。畢竟大家應該也都有幫忙其他工作吧？真要說起來，蓋茶室還比較像在玩嘛。
剛剛都在為武鬥會練習？這也無妨。我會努力烤，大家好好吃吧。

隔天。
我去看看艾基斯那邊怎麼樣了，發現完工的小屋正要運往世界樹頂端。
負責搬運小屋的，則是住在世界樹上的巨蠶。牠們用絲線把小屋往上拉。喔，好像還有不少座布團的孩子們也來幫忙。
我也……本來想過去幫點忙，看來沒什麼能幫上忙的地方，所以留在原處守望。
可是，完工的小屋……上面有門，驚開得了嗎？還是窗戶會敞開，牠會從那裡進出呢？不過艾基斯好像還在做什麼東西……床和桌椅啊？
看起來做得不錯，但是也要考慮一下鷲這位使用者吧？嗯，像是把椅子的靠背拿掉，不是那樣……不，嗯，加油。

由於被驚瞪了，我不再多話。

我從艾基斯那邊離開，往茶室移動。

沒什麼目的，但是在那邊悠閒一下也不錯。

……………

茶室被雞群占領了。室內和屋頂上都有。

……………

基於種種原因，我決定放棄。

嗯，既然如此，榻榻米和拉門應該可以回收吧？啊，榻榻米已經變得破破爛爛了，真遺憾。

那麼拉門……接下來要變冷了，把門拆下來會怎麼樣啊？不，已經千瘡百孔了，可是……呃……那麼保持原樣。

看來茶室成了新的雞舍。

這一天，村裡多了一塊新田。

儘管秋收將至，我闢了新田。因為想活動一下身子。

雖然不會累，卻感到神清氣爽。

對，只是耕田而已。畢竟冬天快到了嘛。種東西就等春天再說吧。

## 閒話 拉麵店老闆的故事

我原本在某個村子務農。然而村子窮到沒辦法只靠務農過活，所以村裡的男人會定期當山賊。威脅經過附近的商人，要他們交過路費。

我們不會殺人，也不會把商品搶光。因為這麼做很可能會引來軍隊。

雖然聽起來很糟，到處都有這種事發生，不能完全怪我們。

可是，現實就是不講理。

有人僱用冒險者討伐我們。做得太過火了嗎？我們是不是搶了對商人來說很重要的東西？當成過路費的商品，我們都讓商人自己挑。那些高價物品……有個村裡的男人舉止鬼鬼祟祟。

就你們幾個人跑去當山賊搶劫，還幹得很誇張？你這個蠢蛋！

冒險者們把我們一個個抓起來，關進牢裡。

進了牢裡之後，就只能被逼著勞動到死。換句話說我們完蛋了。嗯，我完蛋也無妨。不過，我無法原諒那些擅自搶劫的人。

我抓住那些擅自搶劫還企圖逃跑的人，交給冒險者們。

可能是多虧這麼做吧，冒險者沒抓我，反而把我放了，真是感激不盡。

不過，被釋放我也不曉得該怎麼辦。

畢竟村裡的男人幾乎都被抓了，只靠剩下的幾個男人，以及眾多的女人和小孩，沒辦法維持村子的生計。不，在非當山賊不可的時候就已經撐不下去了吧。

他們好像要拋棄村子去投靠遠方的親友。因為住在附近的親友也都像我們這邊一樣被捕了吧。

我沒有妻小要顧，所以沒和他們一起走，選擇獨自活下去。

唉，如果這樣就能過活，也不需要當什麼山賊了……我很快就走投無路。

然而，幸運對我展露微笑。

我被盜賊團撿了回去。而且這個盜賊團規模很大，超過一百人。不過他們沒做什麼殘忍的行為，和我們之前當山賊時一樣，是收過路費那種類型。盜賊團地盤很大，日子過得還不差。

我很高興自己能成為這種盜賊團的一員。

可是，現實就是不講理。

我投身盜賊團數年後，一名惡魔族襲擊盜賊團。然後我們遭到威脅，對方似乎要找東西。

雖然想叫對方自己去找，我們無力違抗，於是我們開始搜索那名惡魔族在找的東西。

問題大概出在離開自己的地盤吧。我們被當地居民和警衛抓起來了。

接著強制勞動在等著我們。

到頭來，就算以前當山賊時人家沒放過我，還是落得一樣的下場。哈哈，而且強制勞動的監督就是威脅我們的惡魔族普拉妲。這玩笑真糟。都是這個惡魔族害得我們被捕！居然讓她來當監督！開什麼玩笑啊！

我很快就不再這麼嚷嚷了。

逮捕我們的地方，安排了一間很像樣的旅店。雖然是好幾人住一個房間，和先前的生活相比已經綽綽有餘。

而且，儘管選項不多，我們可以選擇勞動內容。

首先，我們要選擇冒險者團或勞工團。

隸屬於冒險者集團的人，要以冒險者的身分活動。工作內容包含擊退魔物或魔獸、尋找遺失物品，或是採集藥草等，要靠身體掙錢。

隸屬於勞工團的人，則透過協助木匠工作，或是當餐廳員工賺錢。

不管怎麼選，都不用為吃飯發愁。

而且，只要繳納罪行對應的金額，就能結束強制勞動，獲得釋放。

聽說全都是這個城鎮……不，這個村子的代理村長——陽子大人的安排。惡魔族普拉妲也乖乖遵從，難道陽子大人是女神嗎？

總而言之，我選了勞工團。理由在於可以選擇工作地點，而且在餐廳工作有員工餐。不用為吃飯發愁實在太棒了。

我拚命工作，而且似乎有當廚師的才能。不知不覺間，連店長也倚重我，我過著充實的每一天。

很快地，我恢復自由之身。

監督普拉妲好像也想早點釋放我們，沒有拖拖拉拉。呃，雖然她用「可以先獲釋真好～」的眼神看著我。

工作期間的收入不必全部上繳，要不然馬上就會因為缺錢而沒辦法生活，所以我手邊還有不少錢。

不過，我獲釋後還是回去找先前工作那間店的店長，請他讓我就這樣留下來工作。

因為在這間店工作讓我覺得很幸福。和當山賊或盜賊時不同，感覺很充實。

可是店長拒絕了我。

「笨蛋，你的廚藝已經夠好了，不該待在我這家小店工作吧？」

咦？

「你該有自己的店。我會介紹貨源給你，還會提供你資金。」

店長……

「你做得到。不，做給我看。」

……是，我會做給您看！非常感謝您！

我這麼回答，有了一家店。自己的店。雖然光靠店長提供的資金還不夠，我透過這個村子的援助商店制度借到錢，算是搞定了。

容我介紹一下。

我的店叫做拉麵店，提供一種在「五號村」很流行的餐點。

上門的顧客以填飽肚子為目的，所以我幫他們多盛了一點。多一點……這個嘛，差不多是其他店的大碗……不，特大碗的分量，但是在我的店裡叫做中碗！

當然，我為了讓顧客吃得完下了許多工夫，麵弄得粗一點、硬一點避免泡爛。雖然不太清楚原因，吃很多蔬菜好像對健康有幫助，所以蔬菜也放一堆！加很多大蒜則是我個人的喜好！

起先我很擔心，不過漸漸有了常客，就連在「五號村」很有名的拉麵女王也來光顧。儘管有沒禮貌的傢伙想來竊取我家拉麵的味道，也有一些不錯的傢伙想在我的店工作。

唉，雖然有一定數量的顧客吃剩，所以官方為了避免浪費食材派人指導，要我引進證照制並且改變中碗的標示，但我還是撐下去了。

嗯？問我指導後怎麼樣了？

「我們的中碗和平常的中碗不一樣。如果對食量沒有自信，麻煩點小碗。」

現在會準備小碗供顧客選擇，並且在點餐前像這樣提醒。我覺得這辦法不錯，不過目前還沒有點小碗的顧客上門，讓我有點遺憾。

無論如何，我會守住這家店，讓它越來越大！絕對會！

啊，普拉姐大人，好久不見。嗯，在營業喔。

如果還沒吃飯，我可以請您吃拉麵喔。

咦？喔，強制勞動的地點要選我的店嗎？畢竟我也受過關照嘛。當然樂意嘍。

我這邊的要求？這個嘛……最好是吃過我家拉麵還願意來的那種人吧。

麻煩您了。

## 閒話　克勞汀歸國

我的名字叫做克勞汀，是個心中有拉麵的男人。

也是個原本想埋骨於「五號村」，到頭來卻得歸國的悲哀男人。

我在位於母國王都中央的王城，與我那位當國王的父親見面。雖然在謁見廳，由於只有我和父親兩人，不算公開場合。

「蠢才！你在搞什麼啊！之前隨你高興，是因為你不會給國家惹麻煩又能帶情報回來，結果你居然在魔王國被逮捕……真丟臉。」

唔嗯，這點確實很抱歉。那麼請您放逐我。

「雖然我很想這麼做，這樣只會讓你高興，算不上懲罰。還有，要是放逐你，你母親會生氣。」

我想也是。那麼要怎麼做呢？

「什麼也不做，和之前一樣。」

這樣好嗎？

「你的事讓我們和魔王國之間的交涉有了進展，這點幫上了忙。」

既然如此，為什麼還要一見面就吼我？

「哼！我對你被人家逮捕生氣。你是故意的嗎？還是大意了？」

都不是。這是我認真行事的結果。

「對方強到能夠抓住你嗎？」

「五號村」是這樣沒錯。不知道為什麼劍聖在那裡。

「……啥？」

劍聖畢莉卡大人。逮捕我的人就是她。

「真是個大消息……究竟該慶幸她沒事，還是該譴責她背叛呢？」

我想最好假裝不知道。

「我想也是。好不容易和魔王國交涉成了，整個推翻掉可不行。」

然後是另一件事。

「還有什麼事嗎？」

對，聖女也在那裡。

「…………你說聖女，是指數年前那個？她認出你了嗎？」

我沒讓她看見，所以應該不用擔心。雖然爭奪戰時我蒙面了，就算被看見應該也不至於出問題。

「千萬不能和聖女為敵。我可不想和神打對臺。」

我知道。所以我沒主動接近。

「好。不過，這下子更難對抗魔王國了呢。」

魔王看來沒打算利用劍聖和聖女喔。

「就算如此也一樣。為什麼沒在天秤傾斜成這樣之前發現呢……」

是啊。包含我在內，以前我們該不會在哪裡中了詛咒吧？

「說不定是某人下詛咒要人類與魔族相爭，是吧？讓人笑不出來呢。」

可是我覺得這種說法相當可靠。而且，下詛咒的是誰令人在意。

「哼！如果真的有詛咒，罪魁禍首大概是魔神。」

魔神不是魔族的守護神嗎？魔王國也因為詛咒而國力嚴重受損呀？

「降臨大地的魔神最後遭到神封印。據說在那一刻，祂怨恨整個世界。想來詛咒對象不分人類或魔族吧。」

原來如此。

「不過這些都是傳說。真相如何我們不知道，詛咒是否為真也不清楚。」

是啊。

「話說回來，其他國家怎麼樣？有在魔王國發現他們嗎？」

其他國家？喔，當然也和我國一樣採取了行動。只不過多數沒有達成共識。

「這樣啊。他們碰上阻礙了嗎？」

我可沒出手喔。我只有把可能會和魔王國相爭那幾個地方的情報，透露給魔王國了。

「那是你幹的啊？我接到報告，說有不少密探先後遭到逮捕。」

您的消息真靈通。

「因為周圍那些國家鬧得很厲害嘛。不想聽也會傳來。」

對了，我個人已經收下這些情報的酬勞了。麻煩別向魔王國討喔。會被人家笑話。

「哪可能討啊？要是這麼做，就等於和周遭國家為敵。」

能夠效忠一位賢明的國王，實屬萬幸。

「哼！所以說怎麼樣？那件事考慮好了嗎？」

……要我繼承王位嗎？我的兄弟們會生氣喔。

「讓最強、最優秀的人繼承，是為了王國好。」

我的兄弟他們都算不上無能呀。

「但也不算能幹，正好適合被貴族們操控。你是我兒子已經眾所周知，只要和公爵家千金的婚事談成，你當上國王也並不奇怪。」

因為您從沒隱瞞我是您的私生子這件事嘛。鄰國也把我當成王子看待喔。

「畢竟你母親很努力嘛。」

我很感謝母親。不過，當國王一事恕我拒絕。

「這樣好嗎？你有野心吧？」

野心啊？這個嘛，以前確實有。我本來想當上一國之君，回敬那些因為我是私生子而瞧不起我的傢伙們。

但都是些無聊的過去，已經無所謂了。

「……看來你沒說謊呢。是什麼讓你改變了這麼多？」

拉麵。

「……啥？」

拉麵。

一個月後。

我成功讓王國和魔王國的貿易量增加，王國的商人們十分高興。與此同時，我的兄弟們也盯上了我。我就說我對王位沒興趣了，隨你們高興怎麼做。

此外，我還寫了一本有關拉麵的書。

兩個月後。

為了朗讀給周圍的人聽，我成立宣傳拉麵的團體。

拉麵是心！

我和懂拉麵的商人意氣相投，暢談拉麵話題直到深夜。

拉麵是愛！

三個月後。

只靠心中的拉麵已經無法滿足我，我還差得遠！

師父、大師父！非常抱歉！笑我不成熟吧！

我從祖國出走。

目的地是「五號村」！已經了無牽掛的男人克勞汀立刻就回去！

Farming life in another world.

# Final chapter

*Presented by*
*Kinosuke Naito*
*Illustration by*
*Yasumo*

〔終章〕

## 村外騷動

01.鐵之森林　02.沒怎麼使用的道路　03.超強魔物棲息的森林　04.加雷茨森林
05.強大魔物棲息的森林　06.戈恩森林　07.五號村　08.夏沙多市鎮
09.魔王國主要街道　10.相對安全的平原

## 閒話　困擾的村子

我的名字叫做戈爾，是名獸人族男性。

儘管職業是魔王國貴族學園的教師，幾乎不會待在學園裡。

這樣好嗎？應該不行吧？不，沒這回事。嗯，沒這回事。

我不在學園，是因為接了魔王國的委託。

有個村子遇上困擾，希望我能解決他們的麻煩。

起先我很疑惑，為什麼這種事要找我？結果似乎是不久前鎮壓叛亂時認識的當地官僚強烈希望我過去，說如果是我就能擺平。雖然不曉得我到底哪裡看起來有這種本事，既然有人碰上困擾，我還是希望能盡點力，因此我接下了這件委託。

我姑且還是先和剛結婚的太太商量了。有事就該商量，這點很重要。一旦擅自做決定，就容易起衝突。岳父們提供建議時格外強調這點，所以我印象深刻。不過嘛，就算他們沒提供這種建議，我還是會找太太商量就是了。

於是，現在我和我的兩個太太一起來到魔王國的某個鄉村地區。

……她們懷疑我有外遇嗎？呃，或許是因為有娶了九個太太的案例，所以讓她們很擔心。我還是小心一點吧。

這個有困擾的村子算得上有點規模，差不多有一百八十個哥布林族在此生活。

哥布林族是魔王國的主要種族之一，但是有獨特的文化，與其他種族交流容易起衝突，往往以村或里為單位獨立生活。

所以，原本就算哥布林族的村子遇上麻煩也該由哥布林族解決，然而他們實在處理不了，才會向魔王國尋求援助。

「這一帶的領主曾經嘗試要由自己處理對吧？」

我的太太之一安德麗在觀察村子的同時這麼問我，但回答她的是我的另一個太太琪莉莎娜。

「這一帶的領主……基瑪男爵好像應付不了。」

我的兩個太太似乎是舊識，感情也不壞。雖然她們雙方的父母是政敵關係，當事人並不在意，所以不成問題。

「村子的防禦力量看來很充分，會是內政方面的問題嗎？」

「如果是這樣，基瑪男爵應該處理得了。他特地來到王都求援，我覺得應該是外敵問題……」

「真希望能聽聽基瑪男爵的說法。」

話是這麼說沒錯，但是比傑爾大叔突然就把我們丟過來，這也無可奈何。我們只知道哥布林族的村子有困擾。

可是，就像安德麗和琪莉莎娜說的，這個村子的防禦力量齊備，又沒什麼重大破損。從哥布林族的人數來看，也不像村裡有什麼問題……

「非、非常感謝各位遠道而來。我們恭候多時了。」

自稱村子代表的哥布林族問候我和我的兩個太太。

…………

這位代表先生雖然比我高大，卻沒什麼霸氣。不，看起來相當疲憊。

代表先生後面待命的哥布林族看起來也很疲憊，顯然出了什麼問題。

好啦，會是什麼樣的問題呢……

代表先生領著我們移動到村子周圍的某處田地。

「收割得很乾淨對吧？」

嗯，確實。造訪村子之前就看到了，乾淨得令人佩服。

「這不是我們做的。」

咦？

「是那些傢伙收割的。」

代表先生指著附近的森林。
那裡有好幾雙眼睛。那是……猴子？
「沒錯，猴子。那些傢伙擅自拿走了我們的作物。」
……………咦？猴子能收割得這麼乾淨嗎？
「是的。今年的收成全滅。我們也請領主大人派軍隊過來了，但是拿這些猴子毫無辦法……」
「基瑪男爵居然派出軍隊嗎？」
「而且輸了……」
安德麗和琪莉莎娜相當震驚，不過妳們先等一下。
派出軍隊還對付不了猴子未免太奇怪。除了猴子以外，是不是還有別的生物啊？
「不，只有猴子。大約三十隻左右。」
基瑪男爵派出多少士兵呢？
「大約二十個，但是趕不走守在森林裡的猴子，結果傷兵越來越多……」
於是撤退了？
就算對方真有三十隻，但是二十個士兵居然打輸了嗎？
我還以為已經足夠驅趕牠們了……
「其實那個……我們有提出要求……」
要求？

「是的。我們有個規矩是殺了就要吃掉。既然不吃，那麼就不殺。所以說那個，我們提出要求說，如果殺了猴子，希望他們可以吃掉……」

…………

吃掉猴子？

我想了一下，看向安德麗和琪莉莎娜。兩人都搖搖頭。確實，猴子讓人不太想吃呢。

基瑪男爵的士兵們也有同感而避免下殺手，所以才會輸掉嗎？

「還有，把牠們趕走又不太好……」

不能趕走嗎？

「趕走雖然能挽救我們村子，卻會給其他村子添麻煩。」

嗯……確實。

「最後，在這附近最好也別使用魔法……」

不能使用魔法嗎？

「看見森林後面那座山了嗎？」

咦？喔，確實有座山。

「那裡住著守護這一帶秩序的強大龍族，萬一使用魔法被當成敵對行為……」

啊…………可以理解。

那座山是南方大陸中央天秤山牢的一角，萊美蓮女士的巢穴所在地。

既然如此，我們該拿那些猴子怎麼辦才好呢？

「希望可以把牠們管教到不會對村裡的農作物出手。」

…………

這道題目比想像中還要難。

## 閒話　思考的戈爾

我的名字叫做戈爾。即使碰上不講道理的難題，也能微笑以對……我想成為這樣的男人，但是在今天的此刻，我了解到現實相當嚴苛。

只能苦笑以對。

不能慌張。要冷靜地思考。

…………

猴子是什麼時候來到這附近的？

「數年前就在森林裡見到了。不過對田地出手是從今年開始。」

原來如此。剛剛說今年的收成完蛋了，那麼村子沒問題嗎？

「靠打獵和進森林採集，勉強還撐得下去。」

打獵和進森林採集……會不會是打獵和進森林採集壓迫到猴群的生活呢？

「我想不會。村子附近也還有不少能採集的地方，而且我們的獵物對於猴子來說應該是敵人……」

反而很有可能讓猴子過得更舒服。會不會是生活變舒服，生了許多孩子，導致糧食不足才對田地出手？不，若是這樣，村子附近就不該還有地方能採集。

猴群對田地出手之前，村子這邊曾經對牠們做過什麼事嗎？

「頂多是靠近田地或村子時威嚇一下，我們沒有主動出手。」

我想也是。

嗯～總而言之，先去看猴子的狀況吧。牠們似乎相當聰明，如果不表現出敵意，應該不會對我們發動攻擊吧？

我這麼判斷，將安德麗和琪莉莎娜留在村內，孤身進入森林。

猴群以密集陣型（方陣）迎接我。

…………撤退。

猴子有武裝！

「恐怕是從領主大人的士兵們那邊搶來的。」

我想也是！還有，這種情報為什麼不先告訴我！

「非、非常抱歉。」

下次要記得講啊！

…………呼，冷靜下來。

呃……雖然這些猴子的盔甲尺寸不合，盾牌和長槍數量不足，卻組成了很穩固的密集陣型。是從基瑪男爵的士兵們那裡學會的嗎？以模仿來說有夠厲害。而且看起來……或者該說根本沒有交涉的餘地。

我只不過是走進森林裡，就碰上那種陣仗的歡迎。或許有人認為，和猴子有什麼好交涉的，但是村長面對任何動物都能以禮相待，並且讓對方服從。

我原本還在想，既然是擁有高智力的猴子，或許能交涉……唔嗯……

「老公，太陽差不多要下山了，得做過夜的準備才行。」

「村裡似乎為我們安排了過夜的地方。」

聽到安德麗和琪莉莎娜的提議，我點點頭。在村子裡蒐集情報吧。

縱然我不覺得代表先生在說謊，換個視角或許會有不同的看法。

對了，在這之前——

「代表先生，猴子進入過村子裡嗎？」

「牠們試過好幾次，但我們從未放牠們進來。」

那就好。看來睡覺不會被打擾。

晚上。

「老公，怎麼了嗎？」

「有什麼新情報嗎？」

安德麗和琪莉莎娜在為我們安排的小屋裡問道。

「沒什麼新情報。明天大概還是要進森林觀察猴群吧。」

「觀察嗎？」

「嗯。儘管人家請我們幫忙管教，必須先了解猴子的生態才行。」

「確實是這樣呢。」

如果不查清牠們對田地出手的理由，就算能擺平這次的猴群，也可能冒出其他猴群對田地下手。

「無論如何，看來沒辦法簡單解決。」

「這麼一來，就得注意我們的糧食問題了。」

由於不方便要求援的村子提供食物，我們便自己帶過來了，但也只有供三個人吃五天的分量。不過比傑爾大叔三天後會來看情況，應該不成問題……

必須連比傑爾大叔晚到的情況也考慮進去。我是不是該專心觀察猴群，拜託安德麗和琪莉莎娜去森林採集呢？

兩人和我一起行動，所以不是平常的貴族千金裝扮，看上去是兩名穿著長褲的冒險者。雖然還是一樣頂著金髮捲捲頭。

「總而言之，老公，要是只有幾天，我們都會遵從你的判斷；但如果實在沒有進展，請你也考慮再搬些援軍過來喔。」

我點點頭，表示同意安德麗的看法。能夠自己解決當然很好，但我不會逞強。嗯，我明白。

只不過，問題在於要向誰求援。畢竟對手是猴子嘛……

我最先想到的人是村長。可是，現在正值忙著秋收和籌備武鬥會的時期，不能麻煩他。

至於席爾和布隆，則忙著確認村長交給我們的情報與交涉。要是有空來，他們應該就會和我一起過來了。

阿爾弗雷德少爺和蒂潔爾小姐……我覺得不太適合。若是烏爾莎大概還有辦法擺平，可是她得留在王都監視阿爾弗雷德少爺和蒂潔爾小姐。

既然如此，找魔王大叔呢？

如果魔王大叔能來，就不會把我派來這裡了吧。

假如從村裡借一隻小黑的子孫……不行吧。感覺事情會鬧得更大。

萊美蓮女士的巢穴就在附近，其實也可以考慮拜託她，但是這條路一樣行不通。

她再怎麼說都是哈克蓮老師的母親，遇到麻煩會直接踏平一切。

所以恐怕不止猴子，連哥布林的村子也會被滅掉。

拜託火一郎少爺應該可以，不過利用火一郎少爺會觸怒萊美蓮女士，是個下下策。

儘管拜託哈克蓮老師也是個辦法，她大概忙著照顧出生不久的小孩，我不想麻煩她，請哈克蓮老師來當然也不行。

這麼一來……還有誰？拉絲蒂小姐也才生產完。村長已經告訴我，德萊姆先生也都在陪剛出生的小孩，所以不行。

陽子女士恐怕沒辦法離開「五號村」……還是說不該找「大樹村」關係人士，可以考慮一下「夏沙多市鎮」那邊的人呢？

「那個，老公？」

琪莉莎娜擔心地看著我。

啊，抱歉。我在想要向誰求援。

「原來是這樣啊。你突然不說話，讓人很擔心。」

「抱歉。」

「哪裡。如果需要援軍，拜託南方大陸（這裡）的貴族不就行了嗎？畢竟你有不小的權限。」

傳送來這裡之前，我確實得到不小的權限。可是，他們也交代過我，不要用錯地方。

更何況，我曾經和南方大陸的大人物基利吉侯爵起過衝突。

「正好相反，在這時候請基利吉侯爵幫忙，或許能一舉化解過往的芥蒂喔。」

安德麗一邊這麼說，一邊準備餐點。

謝謝。那就先吃飯，再為明天做準備吧。

「好。」

深夜。

雖然人家告訴我猴子從未入侵過村內，為了保險起見，我們依舊決定分成兩班盯著。

話雖如此，也只是保持清醒留在室內，沒有要到外面監視。

我先睡覺，由安德麗和琪莉莎娜醒著。不需要因為顧慮我而保持沉默，但是夜已經深了，說話要小聲一點。

早知道就該僱用冒險者，至少能在這種時候幫忙守夜——如此反省的我，就這麼入睡了。

然後被琪莉莎娜的聲音驚醒。

「安德麗被猴子們抓走了！」

…………

啥？

# 閒話　猴子們的理由

冷靜。嗯，要冷靜。必須冷靜地消滅那群猴子。

要讓牠們從這座森林消失，一隻也不剩。

哥布林族，抱歉深夜把你們吵醒。緊急狀況。希望你們盡可能都拿好武器後集結。對，我要驅逐那群猴子。

好臉色已經給夠了。我很想尊重你們的規矩，但是對方跨越了那條線。

現在不是談什麼規矩的時候，希望你們幫忙。

代表先生，不好意思，麻煩準備燈火。琪莉莎娜，指揮交給妳了。做得到吧？我先出發。很好。

我進入了森林。我對夜視能力還算有自信，沒問題。

我也找到猴子集團移動的痕跡。可能是安德麗抵抗了吧，痕跡有些凌亂。如果是這樣，很快就能追上。我剛剛是不是該省下指揮哥布林族的時間，立刻追上去呢？

不，不曉得有沒有埋伏，這些步驟還是有必要。

啊啊，糟糕。離村前應該寫封信留給比傑爾大叔。我不夠冷靜啊。如果對方設下陷阱，我說不定會上當。

…………

沒什麼大不了的，全部都消滅就好。

那些猴子躲進森林深處。原以為很快就能追上，是我太天真了嗎？沒差，我已經追上且發現猴群。牠們聚集在一株大樹底下。沒看見安德麗，她在哪裡？樹後面嗎？

話又說回來，猴子的數量還真多，總數超過三十隻。應該有五十……不，六十隻左右吧。是和其他猴群會合了嗎？還是說讓我和哥布林族見到的只有三十隻呢？真聰明，令人佩服。不過，你們都要死在這裡。

目標是猴子老大。

假如能解決老大，猴群多半會一團亂。再來就是個個擊破。猴子老大站在很顯眼的位置。從牠的氣質來看，應該不會錯。

我爬上附近的樹，往猴群所在的大樹移動。

喔，樹上有安排把風的，真不簡單。牠叫出聲來，猴群全都往我這邊看，但是無所謂。

我拔劍一口氣跳向樹下的老大，準備順勢把牠劈成兩半。

我的劍被擋了下來。

有人用長槍的槍尖接住這一劍。雖然讓人笑不出來，這就叫做飛來橫槍。

我以劍格開長槍，再度砍向猴子老大，但是拿長槍的再度攔阻。結果讓對方爭取到了時間。

持盾的猴子擋在我和猴子老大之間。奇襲失敗，要撤退嗎？

不，應該大鬧一場，讓牠們陷入混亂。

「慢著慢著慢著！用不著打起來啦！」

拿長槍的人要求停戰。

事到如今講這些有什麼用。

…………咦？

那個拿長槍的，居然是妮姿小姐。

「好久不見了，戈爾先生。」

妮姿小姐向我鞠躬。

她是「五號村」一間賣酒和肉的店——「酒肉妮姿」的店長。我在「五號村」打完棒球後的慶功宴上見過她幾次。

「我不是店長，只是代理店長。抱歉猴子們鬧出這麼大的騷動。安德麗小姐在那邊。」

我看向妮姿小姐所指的樹底下，發現安德麗就在那裡。看來她沒事。

嗯？咦？那是什麼？

安德麗抱著產後……三個月？左右的嬰兒。

妮姿小姐將前因後果告訴我。

按照她的說法，大約一年前，一名跑進森林的魔族女性和這群猴子成了同伴。

不過嘛，雖說是同伴，比較類似共生關係，魔族女性和猴子只有在日常生活彌補彼此不足之處，不會過度干涉另一方。

可是數個月前，魔族女性倒下了。她似乎進森林之前就已經有孕在身，小孩在此時出世。

儘管順利產下小孩，魔族女性的身體狀況卻沒有恢復，一直臥病在床。

猴子們很困擾。牠們在做得到的範圍內努力，想盡可能幫上魔族女性與剛出生的孩子。

總而言之，嬰兒這邊是搞定了，可以用猴子的母乳餵養。

所以，重點在於讓魔族女性恢復健康。於是牠們去森林外找食物。

牠們認為魔族女性的身體會變差，理由在於不適應森林的生活。

猴子們想了又想，判斷森林和外面最大的差別在於食物。牠們好像認為，只要能吃到田裡種出來的食物，就能讓魔族女性康復。

這就是牠們對哥布林族村子田地出手的理由。

相對地，原本猴子們會吃哥布林族村子周圍的山菜和水果等，現在好像都不去碰了……但人家顯然不懂。

就這樣，猴群一直在照顧魔族女性，但是她的身體依然沒有復原，病情反而加重了。而且，甚至連嬰兒的身體狀況也變差了。

猴子們十分頭痛，決定向猴神使者——聖猴求助。但是對於聖猴而言，說實在牠也不懂這個問題。不知所措的聖猴，向猴神求救。

那位猴神把事情轉告蛇神，蛇神再通知蛇神的使者妮姿小姐。

這就是妮姿小姐來到此地的理由。

咦？妮姿小姐是蛇神使者嗎？

「我在『五號村』舉行過好幾次祭祀儀式，店裡也祭拜蛇神，你有看到吧？」

有看到，但我單純以為妳喜歡蛇。

「唔！看來宣傳得多下點工夫才行。」

所以說，為什麼要把安德麗帶走呢？這一點我非搞清楚不可。

「剛剛說了吧？小孩的身體狀況不佳。」

安德麗不會用治療魔法呀？

「猴子們要找一位母親。」

母親……

我看向抱著嬰兒的安德麗。嬰兒似乎很高興。

…………奇怪？不是身體出問題了嗎？

「關於這點，則是因為我來了。我去拜託村長，請他讓我帶幾片葉子過來。」
妮姿小姐這麼說著，拿出世界樹的葉子給我看。
「母親也沒事嘍。不過，她先前虛弱太久，所以我讓她躺著休息了。」
原來是這樣啊。
「給哥布林族村子添麻煩，還有硬是把安德麗小姐帶來，這兩件事我代替牠們道歉，能不能讓事情就到此為止呢？」
這個嘛，只要別對哥布林族村子的田地出手就沒問題，不過恐怕要找哥布林族的代表先生。
安德麗的事姑且不論，田地的部分我不能擅自決定。
「確實如此。那麼，天亮之後由我去告訴他們吧。」
麻煩妳了。
對了，還得去阻止已經在路上的琪莉莎娜和哥布林族才行。唉。

白天。
妮姿小姐和哥布林族的代表先生在哥布林族的村子裡進行會談。
魔族女性也抱著孩子和妮姿小姐同行，代表猴群方出席。
這位魔族女性是某位貴族的夫人，他們家遭到一年前那場叛亂波及，在叛軍攻陷領地之前，這位夫人逃了出來。

不過，由於她逃進森林，不曉得叛亂和領地的情況如何，一直待在森林裡生活，甚至產子的樣子。

聽到夫人一個人待在森林裡令我十分疑惑，然而原本似乎有好幾位隨從和侍女跟著，只不過在途中失散了。唔嗯……逃跑了嗎？

在那之後能一直和猴群互助合作還真是了不起。

「猴子們會把食物拿來，由我負責料理……」

原來如此。

我、安德麗和琪莉莎娜把所知的南方大陸現況告訴這位夫人，今後要如何由她自己決定。

丈夫是否平安要經過調查才知道，畢竟這部分要等比傑爾大叔過來。

妮姿小姐和哥布林族代表先生的會談結束了。

今後猴子們能夠藉由協助採收來取得田裡的農作物。哥布林族並未要求懲罰牠們。

「畢竟有嬰兒，這麼做也是不得已。」

你們太善良嘍。除此之外，還要向基瑪男爵道歉……這部分也得等比傑爾大叔過來吧。好，全丟給他吧。

不過，妮姿小姐的長槍術還真是厲害。改天能不能請妳指點一下呢？

「與其找我不如找畢莉卡小姐，向她學習比較快喔。」

咦？畢莉卡小姐會用長槍嗎？

「好像是因為想要學習應對長槍的話，最好自己會用。」

因為這樣就連長槍也精通，畢莉卡小姐還真是厲害。這麼說來，聽說去年武鬥會畢莉卡小姐和魔王大叔打得有來有往。嗯～我也得好好加油才行。

就在我如此下定決心時，琪莉莎娜來了。她似乎不是來找我，而是有話想要問妮姿小姐。

「不是帶走我而是帶走安德麗，有什麼理由嗎？」

「咦？呃……………………沒有喔。我想牠們應該只是隨便挑選一個。」

妮姿小姐笑著這麼回答。

可是我注意到了。妮姿小姐在回答之前，瞄了琪莉莎娜的胸口一眼。

安德麗和琪莉莎娜雖然穿著長褲，上半身的衣裝卻相當強調胸部。而且，以胸部大小來說，安德麗比較有母性……………咳咳，還是別多想吧。

嗯，偶然。只是隨便挑選一個。想必就是這樣。

## 閒話　神使妮姿

我的名字叫做妮姿。一邊在「五號村」工作，一邊當蛇神使者。

最近的分配比例，勞動占九成，蛇神使者占一成。不過，這可不代表我荒廢了神使的工作喔。我每天早上都會祈禱。

只不過，和常人一樣生活需要花費一定程度的金錢，必須努力賺錢才行。今天也好好努力吧。

唉呀，在這之前還有一件事。嗯，早上來杯酒真美味。

就像這樣享受每一天，我接到了神諭。

這是來自神的聯絡，無法抗拒。因為只是單方面把訊息丟過來。

於是我打起精神，聽聽神諭的內容……啥？咦？這是什麼？去幫助猴子？您真愛開玩笑，我是蛇神的使者喔。為蛇付出也就罷了，我沒有理由為猴子工作。我拒絕、我拒絕！絕對不接！

…………

身為神明，送一大堆沒內容的神諭過來好嗎？就算沒有內容，接收神諭時還是會抽動一下，相當難受耶。

……我知道，我知道了啦，拜託您停下來。是是是，我會努力。我會努力啦。

不過猴子們保護的對象是魔族女性吧？我的治療魔法只對蛇有效喔？用世界樹的葉子？那不是我的東西耶？不，您要我去交涉，但是我沒有東西能和人家換呀…………賒帳？猴神和猴神使者會搞定？

我姑且試試，如果不行就真的不行喔？要是您堅持，麻煩別找我，去找其他高階的神啦。想辦法把狐神（陽子小姐）的部下拖下水？您這是強蛇所難。

和村長交涉後，我拿到五片世界樹的葉子。

…………

雖然這句話由我來說不太對勁，村長會不會給得太大方啦？不，我也知道人命關天……但我覺得小器一點會比較……啊，是，我立刻出發。也對，這種事不能耽擱。不好意思，打擾您準備武鬥會。店那邊已經請聖騎士雀兒喜小姐代理我的工作。對，蛇神好像也聯絡了聖女……讓您費心了。

是的，雀兒喜小姐目前已經幫忙過不少次，而且我也有請其他店員協助。

好的，我會儘快趕回來。

我移動到南方大陸。

移動方法是祕密——雖然想這麼說，我就稍微解釋一下吧。是憑藉神力。

沒在開玩笑喔。我是透過以神力維持的通道前往遠方。本來這種東西不能隨便拿來用，但我這次得到了使用許可。

不過，這種通道不能自由設置出入口，只能從指定的地點移動到另一個指定的地點。

因此，接下來還要花不少時間移動才能抵達目的地。是是是，我會努力。

所以拜託別再送沒內容的神諭……咦？情況變得很麻煩，所以動作要快？…………我開始用全力往目的地移動。

抵達時已經是晚上了。

猴子們出來迎接我，可是我聽不懂牠們的語言。說得也是，我能和蛇對話，但沒辦法和猴子對話，我都忘了這回事。

…………！

蛇神啊，您突然把「猴神的庇佑」給我，讓我很困擾。呃，雖然現在能對話就是了。

喔，原來是猴神給的嗎？說得也是。畢竟蛇神能動用「猴神的庇佑」實在不太對勁。謝謝您。

不過，等到這件事結束後，請容我歸還「猴神的庇佑」。要是一直帶著它，感覺只要有什麼事扯上猴子就會被呼來喚去。畢竟我並不是猴神的使者，而是蛇神的使者。

蛇神啊，我知道您很開心，但是請您別再給我「蛇神的庇佑」了。這樣我很難維持人的身軀。

唉呀，得處理猴子們的問題才行。好好好，身體不舒服的人在哪裡呀？我帶了很有效的藥過來，馬上就能治好喔。

喔，這位女性是吧…………好，這樣就行了。請妳再躺一會兒。

還有，小孩子也不舒服對吧？哪邊？喔，這孩子對吧。好，這樣就沒問題了。

…………

話說回來，這位抱著小孩的小姑娘，我們是不是在哪裡見過啊？我對妳的金髮捲捲頭有印象……安德麗？喔，戈爾先生的太太。唉呀，真巧耶。居然會在這種地方碰上。妳為什麼會在這裡？

被猴子們帶來的？原來如此。孩子需要母親照顧？原來如此。話說回來，容我確認一下，是用和平的手段來的嗎？啊，果然是來硬的。哈哈哈哈哈，你們這群死猴子！

我正想這麼破口大罵的瞬間，樹上卻傳出警告的叫聲，緊接著戈爾先生拿著劍跳下來。看來目標是猴子老大。

啊啊，真是的！

我拿起長槍，衝出去解救猴子老大。

儘管千鈞一髮，勉強擺平了。要是此時猴子老大……應該說有任何一隻猴子出事，我實在不曉得猴神會怎麼樣。

如果從人的立場思考，顯然是生氣的戈爾先生有理，不過猴神是以猴神的思維行事。縱然方法有問題，猴群是為了保護魔族的女性與小孩才會遭受攻擊。

最糟糕的情況下，可能全世界的猴子都會開始攻擊魔族和獸人族。雖然錯就錯在牠們保護的方法有問題就是了。幸好戈爾先生很冷靜。

對了，在解釋之前，請給我一點時間聽聽猴子們的理由。其實我也才剛到。

好啦、好啦，知道前因後果的猴子先生和猴子小姐，可不可以解釋一下啊？啊，你來是吧？拜託嘍。那麼，我直接進入正題，那些農作物是怎麼回事？為魔族女性準備的食物？從附近哥布林族村子的田地拿來的？

你們覺得需要田裡的食物，這點我懂，不過是不是拿得多了點？把食物拿給魔族女性會變好吃，但是量會變少，所以你們覺得必須拿這麼多？變好吃……喔，她會下廚做料理啊。

原來如此。然後，你們手裡的長槍和盾牌呢？有人攻擊你們，於是搶過來了？原來如此。沒考慮過把魔族女性交給那些人嗎？魔族女性不願意？看來這位魔族女性也有些內情呢。

白天戈爾先生來過森林？身上有討厭的狗味，所以用密集陣型迎接？

喔，戈爾先生是犬系獸人族嘛。我身上也有討厭的氣味？喔，去「大樹村」時沾到的氣味。雖然是數天前的事，不過氣味還在啊？對，是狼。所以請你們別反抗。

好麻煩。好疲倦。好累。

為什麼我這個蛇神使者，要為猴子做這麼多事？需要解釋和賠罪的對象多到我好想哭。

幸好哥布林族性情溫厚。基瑪男爵……決定把輸給猴子這件事當成沒發生過。當然，私底下還是有金錢流動。

猴神使者應該會把這次的費用與報酬付給我，不過大概會收到物品。我必須把那個東西賣掉換錢再支付。還好人家願意等。

咦？願意等，但是希望我去和基瑪男爵上面的基利吉侯爵說一聲？

這是我的工作嗎？不，我、我明白了。我盡力而為。

戈爾先生那邊則要感謝他願意收手，以及為了猴子們把安德麗小姐帶走道歉。

雖然安德麗小姐幫忙安撫戈爾先生了，應該不至於花太多錢……但是得讓人家看見誠意吧。不過嘛，要頭痛的是猴神使者。

…………

他有不少珍貴的仙具和神具，總不會要送那些東西吧？那些東西沒辦法換錢，或者該說沒有人願意購買。

更何況，那些東西也不方便在市面上流通……啊，村長或許願意。嗯，把東西交給村長換錢，然後拿這筆錢付帳，這樣應該可以吧？好，萬一真的收到那些東西，我就這麼做。

不過最好還是送來容易賣掉的寶石。情況再怎麼糟，那種東西都處理得掉。

…………

不是我要懷疑猴神使者，但是他應該會付帳吧？如果不付，就要開戰喔。真的會湊出一批戰力殺過去喔。

猴神啊，我不需要您用神諭道歉。所以，麻煩您好好交代猴神使者，拜託了。

還有……猴子想幫助魔族的女性與小孩值得嘉許。雖然方法很糟。

假如可以，希望您能夠教牠們不會和周圍起衝突的方法……麻煩別把工作丟給我。我是蛇神使者。

是的，我必須回去了。請您加油。

…………好麻煩。好疲倦。好累。

啊～好想趕快回「五號村」喝酒。

## 閒話　努力工作的陽子

吾名陽子。只要報上九尾狐陽子的名號，就能讓不少人畏懼……應該說以前是這樣吧。

「陽子大人！這邊的案子今天要批！請您快一點！」

「陽子大人！這一份不是三天前就截止了嗎！您在幹什麼啊！」

「陽子大人！今日努力工作是為了明日的安寧！請您加油！」

最近其他人動不動就喊著陽子大人、陽子大人。想來都是因為我當了這個什麼「五號村」的代理村長吧。

以前大家連喊我的名號都會戒慎恐懼……不過這樣也不壞。

「陽子大人，要思考無妨，能不能麻煩您一邊思考一邊動手？」

嗯、嗯，我儘量。

秋天除了是收穫季節之外還要準備過冬，稅金會基於種種原因流動。

「五號村」的居民對於納稅都不怎麼抗拒，這點讓人樂得輕鬆，但是交的比我們要收的還多就讓人有點頭痛了。畢竟倉庫的容量有限嘛……啊，這樣不行。必須蓋新倉庫。

蓋在哪裡？不用想。只有山麓找得到空地。

要安排工匠……喔，找不到手邊有空的嗎？那麼，只能先搭個帳棚撐一下了。

帳棚要去哪裡找？戈隆商會……地下商店街讓他們賺了不少，每次都找他們會讓別的商會有怨言。

可是，能準備大量帳棚的商會不好找……

這麼說來，蒂潔爾好像曾經介紹過達濃商會體系的貝卡瑪卡商會呢。規模也夠，而且他們保有的帳棚數量足夠容納一支軍隊。嗯。

儘管賺頭不大，卻能順便做個信用調查，這次就試著交給他們吧。我把寫上方針的木牌交給一名就在附近的部下。部下應該會把木牌交給負責人吧。

部下們幹得很不錯。但是，僅止於自己的權限範圍。

做事時能留意到自身權限範圍之外的文官，在我的部下裡屈指可數，或者該說只有從「四號村」調過來當文官的洛克。縱使這樣不行，培養文官需要時間。

所以，我還動員了暗中蒐集「五號村」情報的娜娜，以及負責管理傳送門的芙塔，這才勉強應付過來。嗯～恐怕該找村長商量商量了。

然後，申請讓蒂潔爾畢業之後來「五號村」工作好了。如果不行，就把「夏沙多市鎮」的米優調過來吧。

就在我忙著工作時，有人跑來打擾。

「救命啊～」

那就是蛇神的使者（妮姿）。看她眼眶含淚，大概是神交代的案子吧。我很想全力逃跑，但是被周圍的部下攔住了。你們啊，和神交代的案子（這玩意兒）扯上關係會吃掉更多時間喔。

唉，也罷。好歹聽聽看吧。

嗯？清場？啊啊，也對。不能被別人聽到嘛。

那麼就到隔壁房間……看來不行，能不能暫時讓我和妮姿獨處呢？放心，我不會逃跑。我可以拿中午的豆皮壽司發誓。

…………

你們居然接受這個理由，這是怎麼回事？不，我不會逃。我不會逃啦……知道了，我儘快解決。

我聽完了。頭開始痛了。

和猴子有關。猴子很麻煩。話雖如此，卻不能丟著不管。

「五號村」雖然保存了十片世界樹的葉子，但是不能給出去。這些葉子只能用於「五號村」。

若是高品質治療藥倒還弄得到……但是不曉得實際狀況。找村長要幾片世界樹的葉子比較好吧。我不能離開這裡，妳就自己……啊，我把芙塔叫來這裡，所以傳送門現在沒開。好，芙塔回傳送門那邊，妳自己去「大樹村」。我只能幫到這裡。

芙塔，妮姿回來之後麻煩妳立刻趕回來。拜託嘍。絕對絕對要回來喔。

晚上。

我總算擺脫職務和部下，回到「大樹村」。

晚餐時得到村長的口頭慰勞，村長還幫我倒酒。

村長也有秋收和武鬥會準備要忙，忙碌的人不止我一個，沒得抱怨。我也為村長倒酒。

不過嘛，反正我也只有這段時間要忙。等到冬天就會變輕鬆了。抱著希望再加把勁吧。

「話說回來，陽子，可以問一下妮姿的事嗎？」

嗯？

「妮姿好像很急，所以我沒有仔細問………但是猴子的事該找妮姿嗎？」

啊～嗯，本來不該找她。畢竟妮姿是蛇神使者嘛。要和蛇扯上關係，她才會有動作。

可是，這次是猴神拜託蛇神幫忙，所以她不得不有所行動。

「只是拜託嗎？」

我不曉得神那邊怎麼樣，大概是欠下足以讓人家找上門的人情吧。問狐神或許能弄清楚，但我不想為這種事和神聯絡，麻煩事會變多。

就這點來說，妮姿很認真，令人佩服。雖然我不想效法她。

「可是，猴神也有使者吧？」

嗯……

關於這部分呢……可以說有，也可以說沒有吧。

「這是什麼意思？」

以前提過猴聖獸齊天吧？

「喔，是接近神域的野獸對吧？」

嗯……

聖獸進化之後，就會成為神的使者。

既然是猴聖獸，就會成為猴神的使者。

現在猴聖獸和猴神使者是同一個。

「……這是什麼意思？」

換句話說，現在由猴聖獸兼任猴神使者。

「…………這樣有什麼問題嗎？」

問題可大了。

聖獸要理解人的語言、了解人的行為、學習其他生物的法則，這點不限猴子。成為聖獸不是因為強壯或腦袋好，能夠深入了解自己的種族與其他種族才叫做聖獸。

就這樣逐漸加深對於自身種族與其他種族的理解，對神有了信仰，聖獸才會成為使徒……也就是使者。然而，猴神挑了個還沒成熟的猴聖獸當使者。

「為何？」

有使者的神和沒使者的神，影響力截然不同。猴神無論如何都想要強化自己的影響力。

「這又是為什麼呢？」

搶地盤吧。

「咦？」

不久之前還是狐神勢大，但是狐神的使者逃了，導致狐神力量衰退。看狐神不爽的猴神認為這是往上爬的好機會，所以把還未成熟的聖獸升格為使者。

不過尚未成熟的牠無法盡到使者的責任，目前正以聖獸的身分修行。猴聖獸不是壞猴子，但是被周遭環境牽著走。

「哦～」

順帶一提，那個逃跑的狐神使者就是我。

「我知道。妳的不久之前，到底是幾百年前啊？」

呵呵呵呵呵。

「妳笑得很開心，但妮姿沒問題嗎？」

妮姿是走正途成為使者的逸才，不會有問題。

假如她辭職不當蛇神使者，隨時都歡迎她來當我的部下。

「陽子的部下？『酒肉妮姿』的店長如果辭職，我可是會頭痛啊。何況她還兼任副總經理。」

呵呵呵呵。唉，這種事不用擔心。我不覺得那個妮姿會辭掉蛇神使者的職務。更何況，妮姿應該也不想當我的部下。

只要村長不排斥她，妮姿就會一直擔任「酒肉妮姿」的店長……應該是代理店長對吧。把責任推給別人可不值得嘉許喔。

「反省。」

如果要反省，你就祈求破壞安穩的猴神遭天譴……啊，這樣祂似乎有點可憐。畢竟猴神也是想努力用祂的方法讓這件事平安落幕嘛。

假如這次事件能夠讓蛇神踩到猴神頭上，妮姿或許會稍微輕鬆一點。

對了，說到輕鬆我想起來了。村長，「五號村」有幾件事要找您商量……

## 閒話 王城的蒂潔爾

我是蒂潔爾。最為爸爸著想的天使族女孩。

今天也要好好努力喔——我一邊這麼鼓勵自己，一邊吃著早餐。嗯，真好吃。

「蒂潔爾，妳又使喚戈爾哥他們了對吧？人家結婚沒幾年，妳要客氣一點。」

這個和我一起吃早餐的體貼男性是阿爾弗雷德哥哥，我叫他阿爾哥。

阿爾哥大概是擔心我，除了待在自己房間和上廁所之外都不肯讓我單獨行動，總是要有人陪在我身邊。是不是有點過度保護啊？

「不止戈爾哥，席爾哥和布隆哥也被妳派去做事了，對不對？」

同桌吃早餐的另一人——這位極具領袖魅力的女性，則是烏爾莎姊姊，我叫她烏爾姊。

烏爾姊大概也很擔心我，不肯讓我單獨行動。我能感受到他們對我的愛。透過綁在腰上的繩子……所謂的愛，是從物理層面感受的東西嗎？我還以為應該比較偏向精神層面耶？

順帶一提，這根繩子綁在魔王大叔身上。

「啊～阿爾弗雷德、烏爾莎，蒂潔爾派戈爾他們去做事，也是出於我的請求，能不能請你們高抬貴手啊？」

就算是阿爾哥和烏爾姊，聽到魔王大叔這麼講之後也只表示「真沒辦法」，沒有繼續多說什麼。

……怪了？阿爾哥和烏爾姊都盯著綁在我和魔王大叔身上的繩子耶。我拉繩子向魔王大叔求救被發現了嗎？啊，兩人同時重重地嘆了口氣。看樣子被發現了。

不愧是阿爾哥和烏爾姊，出色的觀察力值得讚賞。

不過就算被發現了，阿爾哥和烏爾姊也依然什麼話都沒說，這是因為魔王夫人——學園長也同桌用餐。魔王大叔丟著夫人不管，反而和我這種可愛女孩要好到不用說話都能溝通，這種事他們實在說不出口吧。

「阿爾弗雷德同學、烏爾莎同學，你們不用在意我，可以放心罵她喔。」

咦？學園長也發現了？還有魔王大叔，不要因為學園長很可怕就拉繩子求救。

嗯……被訓了很久。

也就是說要做得乾淨俐落一點對吧。我會努力。

「蒂潔爾，差不多該走嘍。」

魔王大叔起身這麼說。大家都吃完早餐了。因為罵人的邊吃邊罵，挨罵的也是邊吃邊挨罵嘛。

我坐到魔王大叔肩上，往王城移動。目的是協助魔王大叔的工作。

阿爾哥、烏爾姊和學園長則前往校舍。阿爾哥和烏爾姊並不是去協助學園長，主要是和其他學生交流。考慮到將來，在這裡的交流很重要。希望他們加油。

「早安。」

我和魔王大叔進城，把守正門的衛兵們向我們問候。

四名護衛和八名文官現身與我們會合，一同前往辦公室。然而魔王大叔的工作從這時候就開始了。

魔王大叔聽取文官報告，簡短地下達指示。講的都是一些被聽到也不會出問題的內容。

我和魔王大叔進入辦公室，可是同行的護衛和文官只到門口。辦公室裡，三名文官和一名將軍正在等著我們。

他們分別是由內務（藍登大叔）、外務（比傑爾大叔）、財務（蕾格小姐）、軍務（葛拉茲大叔）四位負責人派來的文官與將軍。換句話說，他們是四天王的代理人。就算是魔王大叔，面對這幾個人也不能怠慢。

嗯，為什麼這四個人報告的對象不是魔王大叔，而是我啊?魔王大叔，不要看著窗外，你得好好聽才行。

…………

這些確實都是由我提議的內容，就算是這樣，全部丟給我也會有問題……不對，你們幾個也一樣，這時候不該講什麼和我談比較快吧？

總而言之，緊急的內容儘快處理，沒那麼急的就丟給魔王大叔。

「魔國八將？這是什麼啊？」

有人提議恢復這些魔王國曾經有過的將軍職。

「所謂的八將，意思是要選出八位將軍嗎？」

這裡的「將」不是指率領軍隊的將軍，而是力量強大的人吧?希望恢復這些職位的人們似乎認為魔王國領土遼闊，能夠成為抑制力的人卻太少了。

「各地不是已經有貴族和代官了嗎?這樣不夠嗎？」

這麼一來，對於各地有影響力的就不是魔王國，會讓那些有力的貴族和代官太有權勢，會造成問題吧?必須讓他們保有一定程度的力量，但是不能威脅到中央。

「可是，話雖然這麼說……反正這八將也都會變成軍方高層和貴族輪流當吧？」

這種思維實在不像實力主義的魔王國耶。既然目的在維持中央的威信，那麼就別管什麼軍隊或貴族，由中央挑選一批強者就行啦。

「若是這樣，那就戈爾、席爾、布隆、阿爾弗雷德、烏爾莎，然後梅托菈、阿薩、厄斯？啊，還有莉格涅大人，改成九將吧。」

麻煩別擅自把我們這邊的人牽扯進去。

說到沒被提拔的人才……大概就混代龍族歐潔斯小姐、海芙利古塔小姐和基哈特洛伊小姐這幾個吧。她們三個在人類形態時很弱，不過變成龍形態倒是相當強喔。

「唔嗯……可是她們得把力氣花在棒球上才行啊。這麼說來，在各地建立棒球場和球隊的計畫怎麼樣了？」

目前陷入困境。陌生的團體競技很難推廣。

讓大家去「夏沙多市鎮」或「五號村」實際看一次可能是最好的辦法。要不然就是由我們帶兩支球隊去打給人家看。

「嗯……棒球相關是由我的個人預算支付，讓兩支球隊移動實在……會有像是交通費和住宿費之類的問題。」

咦？只要利用各地的軍方設施，就可以省下住宿費了吧？

「公私要分明吧？」

我覺得用「國家屬於國王！」的角度看待也可以耶。

「暴君有點……我不太願意想像被民眾討伐的場面。」

原來如此。那麼，就得宣傳一下魔王大叔有多強了呢～

「鬧得太大會很麻煩喔。」

別擔心、別擔心，包在我身上。啊，席爾哥和布隆哥他們的報告差不多該來了吧。雖然情報來自爸爸應該不需要求證，保險起見還是得做一下。

對了、對了，黎德莉的貝卡馬卡商會打入「五號村」了，魔王大叔有要推薦的商會嗎？由我介紹給陽子女士會比較快喔。

「這樣當然是再好不過，但是戈隆商會那邊沒問題嗎？」

如果插手他們那邊，我不就要挨爸爸的罵了嗎？

「假如可以，我希望妳也別碰我推薦的商會……」

不會出手啦。只是對方會主動給點好處而已。

「要是給得太多，藍登和荷會生氣喔。」

我會處理好，不用擔心。

「問題不在這裡……唉，也罷。差不多該吃午餐了，我就趁這個機會把繩子交給阿薩嘍。」

午餐後有事嗎？

「其他國家的使者來訪。要是讓妳出席這種場合，我會挨罵。」

挨誰的罵啊？

「像是妳的母親（蒂雅大人）啦、妳的外祖母（琳夏大人）啦。還有，天使族以魔王國方的身分出席會產生問題吧？」

啊～對喔。

天使族之里在反魔王國勢力的加雷特王國，天使族對於加雷特王國的王室有很大的影響力。

雖然別說天使族之里了，我連加雷特王國都沒去過，應該沒關係才對，但是在其他人眼裡就不是這樣了。嗯，多了一張手牌。等到我出席外交場合時就搞得盛大一點吧。呵呵呵。

「好一個值得信賴的笑容，不過妳要出席這種場合時，必須先徵求村長的許可吧？要是村長反對就不行嘍。」

咦～為什麼、為什麼～人家明明都是為了魔王國～

「是在不會對『大樹村』造成不良影響的範圍內為魔王國做事吧？」

我以為我和魔王大叔的利害關係一致耶？

「確實是這樣，不過我也明白身為一個父親的心情啊～父親總是希望女兒能一直留在家裡。」

嗯～儘管村裡的生活也不壞，爸爸在那裡的影響力太強了，我沒有表現的機會。

「是嗎？像是協助比傑爾的女兒，或是協助拉絲蒂大人等，有很多機會吧？」

芙勞媽媽有芙拉西亞，拉絲蒂媽媽有拉娜農，我撈過界會造成問題喔。

「哪有什麼撈過界，芙拉西亞和拉娜農都還小吧？」

就是因為她們還小啊。我不能毀掉未來的可能性。

「……看來妳也想了不少嘛。」

那當然。

這個嘛，如果芙拉西亞和拉娜農沒有打算幫忙，那就輪到我出場……不過那都是以後的事。所以，我要在這裡好好努力。我也幫了魔王大叔不少忙吧？

「確實是這樣。倘若可以，我希望妳能再努力個五年。」

為什麼是五年？

「再過五年，阿爾弗雷德和烏爾莎就會放得比較開了吧？」

嗯，假如有五年……不知道耶。

「要是阿爾弗雷德或烏爾莎其中一個想當魔王，我就可以輕鬆退休了。等我退休之後，一切都隨蒂潔爾高興。要輔佐下一任魔王當然也是妳的自由。」

已經在考慮退休啦？

「是啊。現在人類國家不敢輕舉妄動，就算當魔王也不會太辛苦。最好是妳也可以引導阿爾弗雷德或烏爾莎其中一個……希望是烏爾莎。嗯，她的精神力就算當魔王也沒問題。假如偷偷引導。」

烏爾姊當魔王啊？光是想像就覺得恐怖。

不，烏爾姊應該會是個好國王喔。只不過和國王相比，還是前線指揮官比較適合烏爾姊……我能看見人類國家「啪」的一下就滅亡的未來……

「啊，我也看到了。」

…………

我和魔王大叔相視而笑，結束這個話題。
然後移動到餐廳吃午餐。

## 閒話 動盪的王國

我是某國的第三王子，今年滿二十歲。雖然就像在自賣自誇，我很優秀。文武雙全，比兩位兄長還要厲害。所以，我裝出無能的樣子。一旦讓人家知道我很優秀，兩位兄長會懷疑我要爭王位，甚至引來殺身之禍。
我想就是因為這樣，我才能活到現在。可是，這裡有個很大的誤會。
大哥今年二十七歲，二哥今年二十五歲。
他們毫無疑問是我哥哥。換句話說，他們做了和我一樣的事情。
兩位兄長的才華明明不輸給我，但是大哥為了不讓還在位的父親忌憚而表現得很無能。二哥則為了不讓父親和大哥忌憚而表現得很無能。
質疑對象包括我自己，真想問這些人到底在搞什麼。
因為這樣，這個國家的第一王子到第三王子都變得無能，讓人們擔憂起國家的未來。至於有多擔憂……只要說我們兄弟都還是單身，應該就能明白了吧？

…………或許不該裝得那麼逼真。

之所以發現我們兄弟都在假裝無能，是因為不能再裝下去了。

首先是二哥展現才幹。再來是我，最後是大哥。

唉，即使展現才幹，依舊得不到父親與家臣們的認同，讓人有點難過……

我們兄弟認同彼此。畢竟我們都了解現況，也同樣擔心。

於是我們三個開始商量，該如何應對眼前的局面。

沒錯，就是人類國家逐漸走向滅亡的局面。

喔，並不是有個國家叫做「人類國家」。

所謂人類國家，是魔王國以外國家的合稱。

換句話說，這個情況繼續下去，魔王國將會消滅其他國家，成為唯一的贏家。

我所在的國家也是人類國家之一，所以不可能為此感到高興。

更何況我是王族。亡國的王族不管去哪裡都會惹人嫌。最糟的情況下，甚至會被殺掉。我不想死，因此覺得非得做點什麼掙扎一下。

我們兄弟先去說服父親。

「抱歉，我不明白你們在擔心什麼。」

父親並不無能，但是對於現況的認知太過膚淺。沒辦法，我們只好逐一解釋。

首先，人類國家幾乎全部都與魔王國敵對，因此團結在一起。

其中格外重要的，就是在中央大陸與魔王國接壤的加魯巴爾特王國、福爾哈魯特王國，還有因為崇敬天使族而強盛的加雷特王國。這三個國家從歷史上來看也是英雄女王的繼承者，與魔王國水火不容。

其他人類國家對這三國提供大大小小的支援，撐起反魔王國戰線。

「嗯……這不是沒問題嗎？」

沒問題？怎麼可能。

加魯巴爾特王國和福爾哈魯特王國自從爆發糧食危機之後，就一直沒振作起來。別說撐住戰線了，就連軍隊都維持不了。福爾哈魯特王國尤其嚴重。

只是魔王國不知為何沒發動攻勢反而後撤，才讓他們保住國體。

「唔嗯……福爾哈魯特王國因為劍聖繼承而亂成一團，這點很糟糕呢。」

您說的劍聖，目前就在魔王國。

「咦？」

劍聖不過是小問題。天使族正準備離開加雷特王國，現在是加雷特王國的王室哭著哀求，才勉強把她們留下。

留下來的天使族提出了一個要求，那就是不得和魔王國交戰。

她們表示不需要服從魔王國，但是不要和魔王國有武力衝突。

「怎麼可能。那個國家是靠天使族撐起來的耶。要是天使族離開會崩潰。」

順帶一提，報告指出天使族就是要遷往魔王國。

「嗄？天使族不是痛恨魔王國嗎？」

恐怕是有了就算得壓下恨意也要去魔王國的理由吧。不，天使族真的痛恨魔王國嗎？會不會只是為了在人類國家生活，才這麼宣稱呢？

無論如何，加雷特王國沒有進軍。他們的部隊已經停下來了。

換句話說，重要的三國都派不上用場。不僅如此，原先負責統整後方各國的戈爾繕王國已經崩潰；處於魔王國咽喉要害位置的精靈帝國已經滅亡。

種種發展都對魔王國有利，對魔王國有害的狀況一件也沒有。

「那又怎麼樣？我們不是還有勇者嗎？那些不管被殺多少次都能復活的不死身勇者。只要有勇者在，根本不用怕什麼魔王國。」

父親啊，您在說多久以前的事啊？勇者早就派不上用場了。

「勇者嗎？為什麼？」

您真的不知道嗎？他們不會復活了。

「怎麼可能？試過了嗎？」

有人試了，但沒有復活。我國的勇者聽到這個消息後就逃跑了。

「為什麼要逃？」

大家都討厭那些至今因為能夠復活就放肆的勇者。要是知道勇者不能復活，過去被勇者欺凌的人們大概會去找他們麻煩吧。

「唔……那、那就聖女。能夠聆聽神之聲引領我等的聖女還在。」

不，那位聖女也不在了。各國都暗中盯上擁有聖女資格的人，導致聖女下落不明。新上任的聖女也還沒找到。

「……兒子啊，我國今後會怎麼樣啊？」

我們就是想談這個。不過，在那之前可以先確認一件事嗎？

「什麼事？」

您現在還恨魔王國嗎？

「你在說什麼啊，魔王國對於我們人類國家來說…………………咦？」

看來父親也注意到了。

我國沒有與魔王國為敵的理由。可是，不知為何直到前陣子大家都還覺得必須打倒魔王國。我以前也這麼想。兄長們也是。

也不曉得是歷史帶來的成見，還是大家都中了什麼惡質的魔法……

魔王國以前如何我不清楚，但是這十年來魔王國的舉動十分理智，也看不出有要侵略他國的樣子。

雖然有精靈帝國那件事，那是為了保護被龍滅亡的精靈帝國人民。

實際上，有幾個國家就針對精靈帝國的事抗議，結果對方的回應似乎是「領地和居民都給你們，要就拿去」。

精靈帝國的技術雖然很有吸引力，沒人想要一塊就在魔王國附近的領地，而且遭到龍族攻擊更降低了那個地方的評價。到頭來，由於沒人肯收，反倒是魔王國不高興地表示別讓他們空歡喜一場。

「……可以不打仗就擺平嗎？」

對於父親這句話，我們兄弟點點頭。

可以不打仗。

「哦哦！」

然而，還是有問題。

我國一直以攻擊魔王國的名義提供支援。對於魔王國來說，這是攻擊我國的正當理由，所以必須停止支援。可是，一旦停止支援，周邊國家就會認為我們站到魔王國那一邊而與我們為敵。我國沒有大到能夠把這些國家都擊退，真要說起來，我們算是小國。

「該怎麼辦才好？」

關於支援這部分，找個理由縮小規模。縮小之後，也要停止提供武器和士兵，改以金錢和糧食為主才行。

不僅如此，還要派人前往魔王國說明我國方針，這樣才確實。

嗯，看來兄長們也贊成。

「那麼由誰去呢？」

我想應該由提議的我去。

咦？兄長們也想去嗎？那就三個人都去？

父親抓住大哥的袖子。看來大哥要留下。那麼，二哥啊，我們趕快去準備……二哥被女官抓住了。真是漂亮的低空擒抱。

二哥好歹也是王子耶……喔，因為愛啊。考慮到可能有個萬一，不能讓他去？原來如此。那麼我一個人去吧。不過還是需要護衛啦。

我來到「夏沙多市鎮」。還真是熱鬧耶。

我隱瞞王子身分，當個普通的旅客入國。應該沒穿幫吧。

只要利用設置在這個城市的傳送門，很快就能抵達魔王國王都。不過，在那之前我想先填飽肚子。

其實我有個地方想去。

那就是一間叫做「馬菈」的店。根據我國密探們的報告，那裡提供的餐點非常美味。鄰近「夏沙多市鎮」的「五號鎮」也有不同的美食，令我十分在意。是不是那裡也該走一趟啊？嗯……

我一邊煩惱一邊尋找「馬菈」，此時一名獸人族男性走來。

「恭候多時了。在下立刻就帶您到魔王國王都。」

…………
姑且確認一下。
你知道我是什麼人嗎？
「既然您想要謁見魔王，與我同行應該會比較快喔。」
啊，這表示我的真實身分已經徹底穿幫了。就連目的也是。
在這種情況下，對方還單獨來找我，我想我應該已經被包圍了。換句話說，反抗也沒用，放棄吧。
對了，可以請教一件事嗎？
「您要問什麼呢？」
為什麼會穿幫呢？
「從貴國來的人說的。」
意思是……你們已經抓住我們派的密探，而且從他口中問出情報嗎？
「他沒受皮肉痛，請放心。」
…………那就好。方便請教你的大名嗎？
「真是不好意思。在下布隆。我們相處的時間不會太長，還請多指教。」
我跟著布隆前往魔王國王都。
謁見之前，他為我準備了餐點，桌上滿滿都是馬菈的料理。嗯～毫無勝算。

## 閒話　上午的席爾

我的名字叫做席爾，有許多位妻子，是個幸福的獸人族男性。

……

啊，不，沒關係。我沒有自欺欺人。我很幸福。嗯，沒什麼好擔心的啦。

不滿？沒有啊。真的沒有。多謝關心。

啊～也對。真要說的話，大概是睡眠不足吧。沒錯，睡眠不足。哈哈哈，拜託別問理由。嗯。

沒什麼，比起村長我還差得遠。好，今天也要好好努力嘍。

我坐在自家辦公室安排好的位置上。這裡是我工作的地方。

這間屋子就在王城附近，本來似乎屬於統治此地的貴族所有。換句話說，這裡原本是領主宅邸，所以十分寬敞。

在王城蓋好之前，魔王大叔好像也住過這裡。

我起先還在想，住在這種地方好嗎？不過前一任屋主是我的老婆之一荷的老家——雷格家。雷格家的大人物們傾巢而出要我收下，我承受不住這股壓力。儘管用租賃方式做了點抵抗，這間屋子還是成了我家。

那個時候，我再次認知到自己還太嫩了。不過嘛，有這麼多老婆，房子還是大一點比較好。何況還有老婆們帶來的女僕、管家、護衛、文官、商人，以及殺手等。

…………

別去在意細節。嗯，人才濟濟是好事。

「老爺，這是今天的份。」

老婆們帶來的管家經過一番競爭後出線成為總管的年長男性，將幾張紙放到我面前。

本來應該是這些的數百倍，不過老婆們帶來的文官們已經先幫忙評估處理，所以我的工作量只剩下這些。

可是，不能小看這幾張紙。因為都是些文官們無法判斷的重要內容。我打起精神開始看。

…………

全都是岳父和岳母們要商量有關孫兒名字的事。大家真是性急。

重新來過……怪了？其他工作呢？沒有？怎麼可能。蒂潔爾送來委託了吧？老婆們帶來的人們在處理了？已經抓到危險的密探，正在逼問情報？不能動粗喔。只是用美食招待？第一次免費，第二次以後要用有益的情報交換……這樣有效嗎？有就好……

還有，得到的情報最好也能給我……正在整理，會在午餐時告訴我？了解。
呃……那我該怎麼辦呢？是不是該小睡一下，解決睡眠不足的問題啊？
…………
那就這麼辦吧。

中午。
我和老婆在餐廳吃午飯。老婆們也有自己的工作，所以是輪流。看來今天輪到羅薇雅。
啊啊，原來如此。密探的情報是羅薇雅幫忙整理啊？於是我詢問她有關那些密探的情報。
「有危險思想的密探應該差不多都排除了。其餘的密探……與其說是密探，不如說比較像是來和魔王國建立對話管道的。當然，是因為不擇手段才會被抓起來。」
原來如此。
「部分國家已經成功建立外交關係，還有些國家的代表正在趕來的途中。詳情請看這裡。」
多到不寫在紙上不行嗎？
我大致掃了一遍，差不多有七個國家。全都是小國，問題出在密探的素質嗎？
「應該是大國有許多限制，所以動彈不得。不久前戈爾繕王國的王子來過，可是那次幾乎可以說是王子的個人行為……」
而且那個戈爾繕王國已經滅亡，成了別的國家。

「這麼說來，有謠言指出戈爾繕王國會滅亡，可能是魔王國幹的。」

咦？是這樣嗎？

「說是王子向魔王國借兵之類的。」

聽起來就很蠢。要怎麼把兵力從魔王國運到戈爾繕王國啊？不管怎麼想都做不到吧……傳送門？那種東西又沒有方便到可以隨便設置，而且如果用它發動攻勢，會有更多人類國家垮臺。

不過嘛，或許就是因為不曉得傳送門的不便之處，才會這麼想……

「傳送門的情報已經向各國公開嘍。」

儘管知道不便之處，卻不肯相信嗎？

「因為各國並未將傳送門的情報澈底向人民公開吧。假如只告訴民眾有傳送門這種東西，大家就會覺得魔王國能從任何地方出現。」

喔，原來如此。

就是利用這樣的不安，製造憎恨魔王國的潮流嗎？

「各國王都是這麼做。不過，遠離中央的地方好像不太吃這一套。」

各地意向沒有統一，對於魔王國來說是個好消息吧。

「應該要歸功於克洛姆伯爵的努力。」

畢竟比傑爾大叔費了不少力氣嘛。

「回到密探話題，有一支可疑的商隊。」

商隊？

「是的，由名叫鳩羅的人類率領。規模不小，但是抵達『夏沙多市鎮』之後就突然停下來了。『五號村』送來的密探名單裡面沒提到，所以延後處理了……不過我個人相當在意。」

鳩羅？好像聽過耶。是在哪裡啊…………啊，我想起來了。

鳩羅的商隊沒問題。「夏沙多市鎮」的米優小姐已經確認過了，她說是普通的旅行商人。

「原來是這樣啊。」

之所以沒繼續移動，似乎是因為商隊成員都開始在「夏沙多市鎮」和「五號村」工作了。

「換句話說，他們的目的是『馬菈』和拉麵街嗎？」

大概吧。

還有，商隊成員雖然和魔王大叔接觸了，卻沒有採取任何行動，所以也不會是刺客。大家很正常地在享受棒球的樂趣喔。

「了解。那麼就把鳩羅的商隊視為沒問題。」

是啊。那就拜託嘍。

…………

縱然對羅薇雅這麼說，我也覺得鳩羅的商隊很可疑。像是和魔王大叔接觸的速度，不管怎麼想都不太對勁，而且米優小姐特地捎來訊息說他們沒問題也很怪。

只不過，我這次的工作是確認名單上那些密探是否真的是密探，然後加以逮捕。名單上沒有的人，不在處理範圍內。

想要把密探清理乾淨，只要下命令就行了，但我沒接到這種命令。換句話說，鳩羅的商隊已經與村長或蒂潔爾小姐扯上關係。

——以上是我個人的猜測……但是這種時候能夠商量的戈爾和布隆都不在。村長和蒂潔爾小姐的事，我也還沒完全向老婆們坦白。

只要帶老婆們去一趟「大樹村」，這方面的管制應該就會跟著解除……可是要帶她們去「大樹村」，就得和戈爾和布隆的老婆一道，大家的時間總是配合不了。

雖然可以找老婆之中的荷商量，只找她會讓其他老婆鬧彆扭。

更何況，荷還忙著管理魔王國的財務，不能講些多餘的事讓她操心。

不過嘛，要是在「夏沙多市鎮」鬧出問題，米優小姐應該不會放過，「五號村」也有陽子女士和普拉妲小姐在。無論我的猜測準不準，應該都不會出什麼問題。

嗯，這個話題到此為止。午餐也吃完了，好好工作吧。

目送羅薇雅離開餐廳之後，我回到辦公室。

呃……我的行程是怎麼安排的啊？我詢問一旁的總管。

「午餐之後，要在庭院做棒球練習。家中想參加的人都準備好了。」

…………

「為了讓您在練習之後能把汗沖掉，我們會準備好熱水，請好好加油。」

呃，我會加油啦。

我可以先確認一件事嗎？你們不想讓我離開這個家對吧？為什麼啊？不，當然看得出來啊。畢竟這段時間我一直待在家裡沒出門嘛。

「啊…………這是屬下的自言自語。夫人們說，如果還要增加，希望等先來的人懷孕之後再說。」

還要增加？

「妻子的人數。」

講得好像我一出門就會多個老婆一樣，又不是我自願的。然而我也不是沒有自覺，便放棄反駁了。

好，努力練棒球吧。魔王大叔也說了想把棒球推廣到各地嘛。練習應該不至於白費力氣吧。

## 閒話　船上的布隆

我的名字叫做布隆，是名努力完成交辦工作的獸人族男性。

咦？外表看起來還只是個男孩？我已經結婚了，麻煩把我當成年人看待。

那麼，此刻我人在「夏沙多市鎮」。

「夏沙多市鎮」有港，理所當然地靠海，聞得到海潮的氣味。不過，咖哩的香味很快就把它蓋掉了。這就是「夏沙多市鎮」。

我在這裡的工作是迎接訪客，可是對方好像還沒到。儘管訪客似乎是搭船來，船要如期抵達很難。恐怕要把日程放寬到十天左右吧。

……………咦？這麼一來，在船抵達之前，我不就得一直待在這裡了嗎？這就麻煩了耶。

而且訪客抵達之後也不會聯絡我，該怎麼辦才好呢？

不需要煩惱。這種時候就該找冒險者。我請人盯著港口，要他們幫忙確認進港船隻的名字。

雖然要花錢，考慮到這麼一來我就能自由行動，其實不算貴。

「不過與其僱用冒險者，不如拜託我們呀。」

我正想去冒險者公會時，早就在等著的米優小姐這麼表示。

米優小姐目前是「夏沙多市鎮」代官的祕書。關於船隻進港的情報，應該很快就能弄到手吧。

可是，這次的工作不太方便拜託米優小姐。因為……

「其實我這邊也有些事想拜託你。」

就像這樣。

我不太想碰麻煩事耶。

「不不不，只是想請你參加這裡舉辦的一項小活動而已。」

小活動？

「是的。小船競賽。一條船要八個人划，但是我們這邊安排的隊伍臨時缺人，想請你代打。」

妳說的代打，是要我坐上去划嗎？我幾乎沒搭過船耶，這樣也行嗎？

「因為划槳手不湊滿八個人就不能出場。」

團隊合作不會出問題嗎？

「重點是參加，不用在意成績。」

唉，如果是這樣，那麼應該行吧。所以說，那個活動是什麼時候舉行？

「馬上就要開始了。」

…………

「如果不是馬上就要開始，我也不會請你代打啦。」

確實。

我跟著米優小姐前往活動會場。

觀眾好多。鎖定這些觀眾的攤販也很多，各種光是聞就覺得應該很好吃的香氣飄來。

「如果肚子餓了，我們可以買些東西來當慰勞品。」

那就太好了。

「隊伍在這裡。由住在『夏沙多市鎮』的漁夫之子們組成，隊名叫做『漁人(Fishermen)』。」

我跟著米優小姐來到小船前，向隊員們打招呼。

我是布隆，請多多指教。

「感謝代打。請多指教嘍。」

不敢當。

雖然米優小姐說他們是漁夫的兒子，每個人看上去都比我年長，有種二十來歲老練漁夫的風格。

「哈哈哈哈。老爸還沒退休，所以到現在我還是被當成小伙子看待。」

「假如離家獨立、有了自己的船，應該就會不一樣了吧。」

「沒結婚或許也是原因之一。」

「我要在這次比賽表現一下，讓那個女孩……」

「順帶一提，之所以找你過來，是因為有個叛徒突然結婚了。」

突然？

「昨天晚上。不可原諒。」

不，你們該祝福人家吧？還有，我也結婚了。

「什麼！米優小姐，妳為什麼找個已婚者過來！」

「要問為什麼，當然是因為找不到其他人代打呀。還是說你們想因為缺人而棄權嗎？」

「唔……」

「另外，與其把已婚者當成敵人，不如拉攏人家，請他幫忙介紹妻子的朋友，這樣比較有幫助喔。

我已經如此告訴你們很多次了吧？」

「誰要聽這種正論!…………但是棄權也不好，請多多指教。」

請、請多指教。

我本來還疑惑為什麼會選上我，看來這支隊伍就是這樣吧。

如此這般，到了比賽開始的時間。

我們坐上一艘沒有帆的長形船隻，八人坐成一排，雙手都用來划槳……這是真的很需要團隊合作的那種對吧?找我代打真的沒問題嗎?

還有，這種船是不是往我們的正面前進啊?行進方向是背面……那麼誰來決定路線呢?然後，我看得到七名隊友的背……意思是我在最前面?咦?這裡是不是最危險的位置啊?感覺很恐怖耶。

隊友們紛紛回頭，對有些驚慌的我露出笑容。

…………

就這樣?喂!

果然只是玩笑，太好了。

每艘船好像都有指引路線的舵手。

換句話說，一支隊伍包含八名划槳手和一名舵手。舵手登船似乎就是比賽開始的信號。

說到登船，我起先很懷疑他們要從哪裡上來，隨即發現有人從不遠處的海面探出頭。原來如此，我還在想為何要這麼麻煩，原來舵手是海洋種族啊？

然後海洋種族擔任舵手的實力應該沒話說。畢竟他們是真的在海裡生活，感覺很可靠。

就在我如此讚嘆時，海洋種族已經先後跳出海面登船。我們這艘也一樣。是一名身形苗條的海蜥蜴人。嗯，看來也不至於太重。請多指教。

他點點頭，然後用手指示方向。

…………

不說話我們沒辦法照做吧？因為看不見嘛。然而長形船隻已經開始移動，沒人搭理困惑的我。

行嗎？這樣行嗎？呃，確實說過舵手登船，比賽就開始啦。那、那個，會怎麼樣我可不管喔。

我開始配合眼前的隊友們努力划槳。

比賽內容，是要從設置在海上的浮標之間通過，前往終點。

浮標分成紅、黑、白三色，終點就是起點。換句話說，只要通過三個檢查點之後返回起點就好。

只不過，就算行進方向是背後這點姑且不管，我還是看不見浮標，只能相信舵手的指示前進。

還有，這是一場互相競爭的比賽，理所當然會有不少採取相同行動的長形船隻。

比較顯眼的有……「夏沙多市鎮」工商會年輕成員組成的隊伍「金錢世界」、伊弗魯斯學園師生組成的隊伍「伊弗魯斯咖哩」、「夏沙多市鎮」近郊村落青年們組成的隊伍「慢活」，以及來自「五號村」的隊伍「普拉妲一行」。

…………明明是普拉妲一行，普拉妲小姐卻不在船上耶？唉呀，有船相撞後翻覆了。

畢竟都是以同樣的檢查點為目標，這種事自然有可能發生。那些翻船的乘員，都有海洋種族組成的救護隊前往搭救，表示安全方面有一定程度的保障，讓我稍微安心了。啊，側浪撲向我們這艘船了。

嗯～這種細長的船隻，不管怎麼想都是在河川或湖泊上行駛。以對抗洶湧的海浪來說太過細長，一定會翻覆。看吧，並排的船翻了。再來是我們這艘。

就在我這麼想的時候，隊友們開口說：

「布隆老弟，在海上最要不得的，就是軟弱！」

「要是抱著這種心態，什麼船都會沉！」

「如果不想沉，就對自己有信心一點！」

「還有，這個情報說不定是多餘的——我們都不會游泳。」

…………

你們明明是漁夫的兒子耶？話說就是因為不會游泳，人家才把你們當成小伙子吧！

「哼，我才不想聽什麼正論！更何況，海很恐怖耶！」

「恐怖，嗯，很恐怖！」

「為什麼世上會有海這種東西啊？全都是陸地不就好了嗎？」

「一點也不錯。」

「夏沙多市鎮」漁業的未來一片黯淡。

不過，至少不想沉船的心情大家都一樣，所以我們拚了命地划。

我們拿到第九名。

參加的隊伍有三十三支，排在前半算是還不錯吧。不，能划完全程就該謝天謝地了。這全部都是多虧了舵手。雖然我不想承認。不說話是怎樣啊？大家今天才見面，哪可能建立什麼信賴關係啊。

「布隆老弟，辛苦啦。接下來我們要開反省會，如果你能參加就再好不過。」

反省會嗎？

「掛上反省會名稱的宴會啦。」

「別說是宴會。這是漁夫們為了對抗工商會而團結一致的聚會。」

「哈哈哈。雖然不是沒這種含意，我們和工商會沒有對立得那麼嚴重啦。」

「這是一場慶祝平安完賽沒人受傷的宴會喔。參加者包括我們，以及我們的家人和朋友。」

如果是這樣，應該可以吧。

「那就好。喔，對了，米優小姐託我傳話，說目標船隻出現在外海了。只不過，舉辦這場活動限制了進港船隻的數量，所以目標船隻最快也要兩天後左右才會進港。」

……………

原來如此。米優小姐知道這件事卻瞞著我啊？真是的……害我白曬太陽了。

效法。

不過還挺有趣就是了。

順帶一提，優勝隊伍是旅行商人志願者組成的「加油吧，鳩羅」。他們划船的技巧真是厲害，值得效法。

## 閒話　戰鬥的普拉妲

我的名字叫做普拉妲。雖然是古吉大人的部下，目前在「五號村」工作。

至於為什麼會變成這樣……唉，不重要啦。「五號村」是個好地方喔～最重要的一點，就是飯很好吃。即使僅限我的餐費額度內，也能享受到不少美食，這點令人開心。

而且娛樂選擇也很多。特別是山麓的活動會場，真的很棒。如果時間允許，我真想天天去。

假如有人考慮搬家，我建議把「五號村」列入候選名單。

好啦，我現在移動到「夏沙多市鎮」了。

目的是以「五號村」代表的身分參加「夏沙多市鎮」舉行的活動。

原本還在想為什麼會是我，一問才知道，好像是人家希望我對「夏沙多市鎮」的經濟提供一些建議，所以指名我來。原來如此。別看我現在這副模樣，我對於經濟方面可是很有一套。

在「夏沙多市鎮」停留期間的費用由對方支付，所以我沒拒絕。基於諸多理由，我打算在這邊打擾一個月左右。

或許就錯在我有這種念頭吧。

抵達「夏沙多市鎮」、和出來迎接我的米優打完招呼之後，我感受到一股不尋常的氣息。這讓我有不祥的預感。而且，我對這股氣息有印象。

雖然假裝沒注意到也是個選擇，明明注意到了卻放著不管，之後被逮到可是會挨罵。儘管我覺得應該不會穿幫，這種時候總是會被逮到。我會記取教訓，所以要去處理。

「米優小姐，發生了緊急狀況。很遺憾，我沒辦法參加活動了。」

「咦？」

「話說回來，這個城市有什麼人被殺害會讓你們很困擾嗎？」

「啥？妳沒頭沒腦地在說什麼啊？不管是誰都會讓我們很困擾。」

「啊～那麼請告訴我，什麼人物被殺害會觸怒村長或是龍。」

「那個……妳不是在開玩笑嗎？」

「哈哈哈，開玩笑啦。開玩笑。所以說，是哪些人？」

「……和村長有關的，包括『馬菈』的員工和戈隆商會的麥可先生、預定稍晚會抵達這裡的布隆先生。和龍有關的不清楚。另外，和村長夫人露女士有關的則是伊弗魯斯學園的師生。」

「人數相當多呢。不過正好有活動，請儘量把這些人都集中到活動地點。」

「妳要做什麼？」

「什麼都不做。只不過，如果發生什麼事，就不需要特地去找人了吧？就只是這樣。」

「……」

「別用那種恐怖的眼神看我啦～我只是不想給村長和龍添麻煩而已。」

「……我明白了。我這邊會自己加強戒備，妳那邊需要援軍嗎？」

「雖然越多越好，由於有可能喪命，挑人時請妳慎重考慮。我可不想招來村長或龍的怨恨。」

「老實說我不明白普拉姐小姐感受到什麼威脅，在普拉姐小姐看來，大概有多危險呢？」

「嗯～感覺就像看到小孩子拿生銹的劍去戲弄正在睡覺的龍。」

「……如果是我就會全力逃離現場了呢。」

「我也想這麼做，然而情況實在不允許……祈禱什麼都別發生吧。」

「我明白了。請小心。」

「謝謝，我盡力而為。」

我朝不尋常氣息的來處移動。

「夏沙多市鎮」的大馬路。地點相當顯眼……還真是光明正大。

魔法陣。

唉，畢竟還加上了阻礙認知的效果，對不懂的人來說只是圖案嗎？

不過，這是古式的正統魔法陣，只要從魔法陣上經過，就會被吸取生命力。

雖然為了不讓人提防而壓低了吸收量，在原地停留一小時大概會昏倒，停留兩小時可能會死吧？

我抹消了魔法陣的一部分，使它失效。沒時間全部抹消。畢竟這座城市裡設下的魔法陣，光是我偵測到的部分就有將近四十處。

就從舉辦活動的港口那邊開始處理魔法陣吧。我已經用了好幾種聯絡手段通知古吉大人，他應該不用多少時間就會帶人過來。

至於我的工作，就是讓魔法陣失效，並且尋找設下這些魔法陣的人。

真不想戰鬥耶～畢竟對手很難纏嘛。嗯，雖然還不能肯定……從魔法陣的設置方式來看，八成是本人吧。

要不然就是弟子。如果是弟子，我應該還對付得了吧？希望是弟子。

我一邊思考，一邊處理掉大約一半的魔法陣。

…………

發現。好，是本人。

好像是發現魔法陣失效，所以出來看看怎麼回事。然後……沒發現我？怎麼可能嘛～好好好，別那樣瞪我啦。我不擅長打鬥喔～啊～在這裡打不太好，我們換個地方吧。最好能到城鎮外面啦～在這裡打起來會很麻煩。

「夏沙多市鎮」西北方的草原能夠遠眺「夏沙多市鎮」。

其實我想離得更遠一點，但是還要顧慮對方，所以沒辦法。

「普拉姐，妳想礙我的事嗎？」

「沒什麼礙不礙事，那種危險的魔法陣不能放著不管吧？」

在我眼前的，是和我一樣的惡魔族女性。

她的名字叫做貝登。貝登·古利·阿儂。曾經與古吉大人競爭霸權。

不過最後獲勝的是古吉大人。換句話說，她比古吉大人低階。耶～低階～低階～

「普拉姐，妳想讓我拿出真本事嗎？」

「不，我什麼都沒說喔。」

「妳腦袋裡在想些蠢事吧？我看得出來。」

「咦？我這麼好懂嗎？」

「那當然。欸，普拉姐，妳願不願意幫我的忙？」

「幫忙？」

「對，如果妳答應，以前的事可以一筆勾銷。」

以前的事。

是指當年貝登和古吉大人交手時，我從旁插手吧。也可以說我那次介入決定了勝負……糟糕，

她很有可能懷恨在心。這時候是不是該站到貝登那邊啊？

才不呢～貝登哪可能因為幫一次忙就把以前的事一筆勾銷。她可說是由執念構成的惡魔耶～不過，為了拖延時間到古吉大人的援軍趕來，我就假裝入夥吧。

「行呀～要我做什麼呢？」

「普拉妲，妳在耍我嗎？我說了妳很好懂吧？」

從貝登腳下延伸出來的影子突然消失，緊接著就從我背後冒出來想要包住我。這下不妙。是貝登帶我來這裡的，看樣子她早就已經在這裡準備好魔法陣。而我居然呆呆地跟來這種地方，還悠哉地想和她談判，我不禁想要嘲笑自己的大意。哈哈哈哈哈。

支付大意的代價吧。總之，先付三枚金幣應該夠吧～

我拿出金幣往上一拋。

上拋的金幣發出光芒，把貝登的影子頂回去，我則趁機移往安全的地方。完成任務的金幣化為泥土落到地面。

「嘖！妳老是嚷嚷沒錢，居然掏得出這麼多。找到好工作啦？」

「哪裡、哪裡，只有領微薄的薪水任人使喚。不過，我會把生活費和戰鬥的花費分開……戰鬥時不愁沒得用。」

「唉呀，是這樣嗎？那麼，就讓我試試妳存了多少吧。」

「哈哈哈，那就免了。」

既然魔法陣還沒發動，用銀幣應該就應付得了吧？不過，在這種時候掏出銀幣會被貝登笑。考慮到面子問題，還是拿金幣出來擺架勢吧。嗯，面子很重要。惡魔族很在意面子。

手邊的金幣剩下十七枚。

……比預期得還要少。怎麼辦？面對貝登能撐多久啊……

希望在金幣用完之前，古吉大人的援軍能夠趕到。

## 閒話　援軍？

好，金幣用完了～我陷入危機。

不知道我是誰？別裝了啦～咦？真的不知道？怎麼這樣～

我是普拉妲。儘管想逃，面前的對手看來不會放過我，因此正孤軍奮戰的惡魔族。

嗯～真奇怪。古吉大人的援軍沒來。

我在早上抵達「夏沙多市鎮」，那時我就已經察覺到貝登的氣息，於是聯絡古吉大人。

貝登遇上我、我們移動到這裡時已經過了中午，隔了很長一段時間。

為了讓他們能夠趕來，我特地留下記號，為什麼沒人來呢？這樣下去我會被幹掉。對，會被幹掉喔。我並不善戰，相對地貝登很能打，我哪可能和她正面對決啊？

…………

怪了?為什麼我還沒被幹掉啊?

能想到的理由……只有一個。貝登變弱了!雖然不知道出了什麼事,她已經弱到沒辦法打倒我了。

很好,一片光明。有勝算。

有勝算有勝算有勝算有勝算有勝算……哪可能有啊!這是怎樣?

思緒受到引導,原來是貝登的拿手好戲啊?真是好險。

話說回來,為什麼我一直沒意識到貝登的拿手好戲呢?

注意到這點時,我就明白了。這裡在她的結界之內。也就是說,我來到這裡的那一刻就已經落入貝登的圈套。

換句話說,這裡很可能不是我認知中的地點。古吉大人的援軍沒來,就是因為這樣。啊,時間感好像也錯亂了。

可能是我意識到結界了吧,太陽突然下山。看來我和貝登打了很久。唔嗯嗯。

難怪我覺得金幣花得很快。這下糟了,該怎麼辦呢?

我還活著,代表貝登確實沒以前強大。但是,我的攻擊手段——金幣用光了。這種狀態持續下去,我會完蛋。唔!我還想吃拉麵啊。還有「馬菈」的咖哩。「大樹村」端出的料理也還想再吃一次……不,再吃大概十次。然後,我還想欣賞更多更多更多藝術品。啊~誰來救救我~

「我來救妳吧。」

咦？誰？

一名身穿女僕裝的惡魔族女性，突然闖進我和貝登的戰鬥之中。古吉大人派來的援軍？我原本以為是這樣，然而並非如此。

她身上的女僕裝，和我穿的不一樣。如果要用一個詞形容，就是古典。是款式有點舊的女僕裝。然後，我想起來了。

她是愛梅，是薇爾莎大人的女僕。

薇爾莎大人。

好像是年代比古吉大人更久遠的惡魔，我不知道她的實力如何。不過，古吉大人問候她時非常恭敬，所以她應該很強大吧。

既然是侍奉薇爾莎大人的女僕，想必相當有本事。嗯，畢竟她能闖進貝登的結界之內，應該可以期待吧。

我老實地向她求助。

「救命啊～救命啊～」

「普拉姐，妳應該要有點自尊心。」

貝登出言抱怨，但是我沒理她。

「普拉姐小姐，她說的有道理，妳還是保留一點自尊心比較好吧？」

囉嗦。面臨生命危險，自尊有什麼用啊？別廢話了，快來幫我。

「好好好，我知道了。不過，其實我沒辦法戰鬥。」

…………啥？為何？這是怎麼回事？

「因為古老的契約。」

別以為什麼事都可以用這個當理由蒙混過關啦！

「話雖然這麼說，惡魔族就該遵守契約吧？」

唔姆姆。

「不過，我倒也不是沒有辦法幫妳。」

也就是說？

「我不能戰鬥，但是可以帶能戰鬥的人過來。」

哦哦！那就拜託了。古吉大人派來的人應該就在附近，帶他們過來！

「很遺憾，恐怕有困難。」

為什麼？

「他們好像把『夏沙多市鎮』的魔法陣處分掉之後就回去了。」

…………

回去了？啥？回去了？開玩笑的吧？

「現在並不是開玩笑的時候吧？不過請妳放心，我會帶足以對抗那名惡魔的人過來。」

真、真的會吧？

妳會把能夠對抗貝登的人帶來吧？

「交給我吧。不過嘛，帶人過來這段時間，普拉妲小姐必須一個人撐下去。」

麻、麻煩用最快的速度。

「別擔心，馬上就到。因為是強制把人帶來。」

愛梅小姐這麼說完，便消失無蹤。

「居然能輕而易舉地出入我的結界……真是不爽。」

貝登生氣了。

我該不會必須從憤怒的貝登手裡爭取時間吧？

…………看來是這樣。

我很努力。我真的很努力。我成功撐到愛梅小姐把能夠對抗貝登的人帶過來。好，贏了。

我原本這麼想……

然而愛梅小姐帶來的人……那個，該怎麼說……是個身材魁梧的中年男性？

抱歉，我在自欺欺人。一名發胖的魔族中年男子。看他身上的衣服質料很好，地位應該不低，不過這個人是誰啊？看起來非常弱耶？愛梅小姐、愛梅小姐，拜託……拜託換一個！

「有他就夠了。妳看。」

就算妳叫我看也……

啊，我是自己人。自己人喔～敵人在那邊。對，另一邊。

愛梅小姐把人帶來之前可能已經解釋過了吧，發胖的魔族中年男子拔出腰間的劍砍向貝登。

哦哦，人不可貌相。這一劍相當犀利，把貝登砍成兩段。

然而不管用。劍對貝登無效。貝登站得好好的，彷彿什麼事都沒發生。

「原來如此，看來是貨真價實的惡魔族。」

發胖的中年男子稍微拉開和貝登的距離，重新擺出架勢。

「方才突然發動攻擊實在非常抱歉，請容我報上名號。我的名字叫做瓦特岡古！瓦特岡古・普加爾！是魔王國的伯爵！」

咦？魔王國的普加爾伯爵？等一下，愛梅小姐，妳帶這種人來沒問題嗎？要是之後惹出麻煩就頭痛了耶。

貝登並未理會我的動搖，也對普加爾伯爵報上姓名。

「貝登・古利・阿儂。」

「貝登……居然能對上記載在史書上的大惡魔……真是榮幸。」

「呵呵呵！你以為魔族贏得了惡魔族嗎？」

「您的價值觀過時了。為了戰勝打不贏的對手，我們做了很多努力。接招！」

還接招呢，等一下。

劍對貝登不管用……普加爾伯爵在接近貝登的途中把劍丟了，直接揮拳。

不僅如此，他揮出拳頭之後順勢轉為肘頂，再用肩膀撞上去，每一招都有效。從貝登驚訝的表情看來，應該不是玩假的。

「出名也有壞處喔，『病魔』貝登。劍對疾病不管用。能夠對抗疾病的，只有鍛鍊過的肉體。如果要互毆，我的本事倒還過得去喔。」

「唔嗯……不可原諒。」

貝登的注意力完全轉向普加爾伯爵那邊了。好，得救了。

然而要高興還太早了。

我想起來了。普加爾伯爵是戈爾小弟的岳父。根據我的判斷，他勉強還在必須保護的範圍內。

換句話說……

「那邊的惡魔族女僕，防禦交給妳了。」

我無法拒絕普加爾伯爵的這個要求。

喂，等……唔哇，這下子不是比我剛剛只需要保護自己時更加麻煩了嗎！啊啊，要往前衝的時候先說一聲～

## 閒話　深夜的布隆

我的名字叫做布隆，是名開始覺得要人家在宴會上表演才藝是壞文化的獸人族男性。

不過要求別太誇張的話，我還是會奉陪啦。

從「漁人」那場名為反省會的宴會上溜出來時，已經是深夜了。

我走向事先訂好房間的旅店。雖然只要利用設在「夏沙多市鎮」的傳送門，要回王都或是去「五號村」都可以，可是還得考慮到迎接客人的工作才行，我判斷最好留在「夏沙多市鎮」。應該不會錯。

儘管如此，我很快就後悔了。

…………

不，我不後悔。嗯，這就是隨波逐流的結果。我願意接受。我不後悔。只不過要反省。

來到旅店時，我發現有群人在深夜東奔西走，很可疑。

可是他們都穿著正式的管家服和女僕裝，而且好像在找什麼東西。

從這點看來……該不會是他們的主人出了什麼事吧？主人倒下，所以忙著找會使用治療魔法的人？

如果是這樣，他們的找法或說找的地方也未免太奇怪。

打開垃圾桶應該找不到會用治療魔法的人吧？還是說誤丟了重要的東西嗎？

就在我思考這些時，發現穿著管家服的男子看著我。怎麼回事？他一直盯著我看。

「布隆少爺！」

啊，對方好像認識我。

呃……我們在哪裡見過嗎？我沒印象耶……

「我們是普加爾伯爵家的傭人。」

普加爾伯爵家？戈爾的太太安德麗的老家？若是這樣，就算在什麼地方見過也不足為奇。

「不好意思，請問您有見到我們家老爺嗎？」

你們家老爺是指……普加爾伯爵？

不，沒看到耶……難道說普加爾伯爵失蹤了？

「是的。他本來應該一個人待在房間裡才對，卻忽然……非常抱歉，可以麻煩您幫忙找嗎？」

我、我知道了。已經聯絡這裡的代官了嗎？

「是的，已經請他派人幫忙搜索了。不過，因為有活動，大規模搜索要等到明天以後……」

我想也是。

不過，米優小姐那邊想必已經採取行動了吧？聽說這裡的代官也很優秀，應該會在能力所及的範圍內儘量幫忙才對。

目前的搜索狀況如何？使用傳送門的可能性呢？

「沒有使用傳送門的跡象。只不過，考慮到誘拐的可能性，很難斷定沒用到傳送門。」

原來如此。

如果把人裝進箱子裡，就不曉得有沒有通過傳送門了。這算是傳送門的問題所在吧。之後再找時間向魔王大叔報告吧。

可是，誘拐是最糟糕的狀況對吧？自己移動的可能性呢？

「很大。我們家老爺喜歡單獨行動。」

是這樣嗎？

「是的。牽扯到工作時特別嚴重。」

原來如此。

普加爾伯爵來這裡的目的是什麼呢？

「這附近似乎發生了嚴重的爆炸事故，他說要來調查。」

咦？你說的那場爆炸事故，我聽說魔王大叔已經調查過，而且處理完了耶？

「這件事還請您別說出去。據說有人從爆炸現場拿了本書出來，我們家老爺對那本書很感興趣。」

書？這我倒是沒聽說。

「情報來源是沒經過證實的謠言，所以不曉得真假……」

唔嗯……

總之情報真假先擺一邊，我想知道那是否足以構成普加爾伯爵失蹤的原因。

從剛剛聽到的來看，難道普加爾伯爵孤身前往爆炸現場了嗎？應該不是吧？

普加爾伯爵孤身一人時，得到有關書本下落的情報。於是他為了取得那本書，決定單獨行動。

有沒有可能是這樣呢？

我覺得身為伯爵就算要單獨行動，也應該知會一下別人……總而言之，我就以「普加爾伯爵在找書」這個假設來找人吧。

雖說如此，由於現在是深夜，有賣書的店家大部分都關門了，我也不曉得哪裡會私下買賣書籍。

既然急著找人的管家先生他們已經聯絡這裡的代官，那麼就算把事情鬧大一點也無妨吧？拖到普加爾伯爵出事才是問題。

……

不過還是先確認一下吧。把事情鬧大行嗎？

「沒問題。不好意思，麻煩您了。」

了解。

我寫封信向「五號村」的陽子女士求助。由於情況緊急，我寫得比較簡潔。

普加爾伯爵下落不明。需要人手幫忙搜索。需要了解傳送門的使用情形。

大概是這種感覺。

陽子女士應該明白事情的嚴重性，想必很快就會派人手過來。

話說回來，管家先生。

「有什麼事嗎？」

為了找人，我想確認一下……普加爾伯爵曾經躲進垃圾桶裡嗎？

「在普加爾家逃跑並不可恥。畢竟家訓是『逃跑時要卯足全力』。」

原、原來如此……換句話說，在不顧一切的時候也有可能躲進垃圾桶。

「我們家老爺還沒這麼做過，但已經有好幾位小姐試過了。」

…………

希望其中沒有安德麗。

然後呢，其實我忘了一件事。

「五號村」的代理村長是陽子女士。這點我沒弄錯。可是，到了晚上她會回「大樹村」。

現在是晚上。是深夜。我送出的信好像會經由傳送門送往「五號村」，再從「五號村」移動到「大樹村」。

結果。

「雖然我不擅長找人，這種時候人多就是力量。加油吧！」

村長出現了。

「我得好好表現給孫子和曾孫看才行呢。」

龍王(德斯先生)出現了。

「嘗嘗我採收的白蘿蔔吧。」

守門龍(德萊姆先生)出現了。

…………

為什麼這三個人會跑來？只要有村長背後的諸位高等精靈姊姊和蜥蜴人大哥就夠了吧？啊，古吉先生也在。但是不曉得為什麼，他苦惱地抱著頭耶？

嗯？古吉先生找我？什麼事啊？

「布隆少爺，情況糟糕到了極點。不過，您請放心，村長就由我來保護。無論發生什麼事，我都會護著他。」

呃…………不用管德萊姆先生和德斯先生嗎？

「他們放著也死不了。只不過，我有一件事要拜託布隆少爺。」

什麼事呢？

「在這裡的是第一波，第二波馬上就會來。」

第二波？

「村長夫人們。事情發生在這種時間，導致她們殺氣騰騰。」

啊、啊～晚上是和村長聯絡感情的寶貴時間，大概是被打擾了，所以生氣了吧。

咦？你該不會要我去安撫她們吧？

「不。事情平息之後，如果責任不知為何落到我頭上，希望您能幫忙說情。」

該不會……這場騷動和古吉先生有關？

「不是和我有關，而是和古代惡魔族有關。這點可不能弄錯，明白嗎？」

啊，好。呃……

古代惡魔族（古吉先生）出現了。

看樣子他要竭盡全力自保。

## 閒話　倒地的瓦特岡古

我的名字叫做貝登。貝登・古利・阿儂。和古吉、普拉妲一樣，是從古代活到現在的惡魔族。

「好，完成。抱歉只是簡單的湯，德斯那邊如何了？」

「這邊也好了………村長，別用那種感到意外的眼神看我。我年輕時也會自己下廚，這點小事還做得來。德萊姆怎麼樣了？」

「再等一下讓白蘿蔔入味應該比較好。這邊我來顧，你們先吃吧。」

「也好。那麼，準備碗盤……不好意思，就放在那邊的箱子裡，可不可以幫忙拿一下呢？」

「會用筷子嗎？不會的話還有叉子喔。」

現在，我和幾位陌生男性一起在夜晚的戶外準備食物。

為什麼會變成這樣？啊，那個叫年糕的東西感覺很好吃，麻煩給我兩塊。咦？三塊也可以？謝謝。

…………

那麼請給我三塊。

嗯，年糕果然很好吃。我有點後悔剛剛沒說四塊。

…………不對。

呃……為什麼我會和這幾個陌生男性一起吃東西呢？不久之前，我明明還在和普拉妲，以及叫做瓦特岡古的魔族交戰。

那一戰真是艱辛。論戰鬥技巧應該是我在他們之上，然而普拉妲專心防禦，瓦特岡古專心攻擊，他們這種打法讓我陷入苦戰。老實說，我的腦袋裡甚至閃過輸掉的可能性。

但是我沒輸。我不能輸。

我拉開距離，重新擺出架勢。瓦特岡古沒追擊，選擇嚴陣以待。普拉妲則躲在瓦特岡古背後。

三人一時之間都沒有動作，氣氛相當緊繃，甚至可以說我打得很愉快。但是，我沒有餘力去享受戰鬥。因為時間站在對方那一邊。認為必須主動出擊的我往前踏出一步，就在這一瞬間——

瓦特岡古突然整個人往旁邊飛了出去，就此倒地。我完全不明白發生了什麼事。原先躲在瓦特岡古背後的普拉妲想來也一樣。

瓦特岡古趴在地上一動也不動。普拉妲用手勢詢問是不是我幹的，我搖搖頭。不是我。不是普拉妲幹的嗎？

我用手勢這麼反問，但是普拉妲以全身否認。看來她沒說謊。

可是，這麼一來就表示……還有別人？

由於那個人沒參戰，我剛剛都忘了她的存在，但是現場還有一個人。那就是普拉妲叫她「愛梅」的惡魔族。

普拉妲大概也注意到了。我和普拉妲看向愛梅，以手勢詢問：「犯人是妳嗎？」卻得到否定的答覆。嗯，我想也是。

帶瓦特岡古過來的就是她，她把瓦特岡古放倒要做什麼？

換句話說……還有別人在場？

我張設在周圍的結界已經解除。即使有人靠近，恐怕也很難發現。可是，假設真的有人在，也會產生別的疑問。

為什麼要對瓦特岡古下手？就算要幫助我，也該瞄準普拉妲而不是瓦特岡古。

而且，既然已經介入戰鬥，為什麼不現身呢？搞不懂目的何在。真的有人嗎？

因此，我判斷不能繼續和普拉妲打下去。普拉妲看來也一樣。這下麻煩了。

我不希望演變成膠著狀態。要是古吉趕來，現在這種狀態下的我大概不是他的對手。雖然古吉應該也不會和以前一樣就是了……

遠處有火把的光亮朝這邊靠近。

是攻擊瓦特岡古的人嗎？對方拿著火把衝向我們這邊。

由於不知是敵是友，我擺出架勢。普拉妲和愛梅也一樣。

跑來我們這邊的，是一名穿著管家服的中年魔族，是不認識的傢伙。

我看向普拉妲和愛梅，但是她們兩個好像也不認識。

這個身穿管家服的中年魔族一直線跑向倒地的瓦特岡古。看來是和瓦特岡古有關的人。

「老爺！這、這、這可不行！必須趕快治療！」

他這麼說著，粗魯地扛起瓦特岡古，接著便朝來時的方向跑回去了。

我、普拉妲和愛梅都沒有出聲打擾，只是目送他離開……然後面面相覷。

呃…………從那種反應看來，應該不是攻擊瓦特岡古的人吧？我們都點了點頭。

那麼，要繼續膠著狀態嗎？就在我閃過這個念頭時，又有其他人靠近了。這次不止一個。

這批才是重點嗎？我用魔法的光照亮周圍。

看起來是四人組吧？是冒險者……的話又穿得太輕便。是三個人類和一個獸人族？

…………

……………………………………

……………………………………………………………………………………

這種氣息！其中兩個人類是神代龍族！神代龍族是惡魔族的天敵。

不管怎麼掙扎，惡魔族都贏不了神代龍族。不是什麼努力不足、下的苦工不夠這些原因，而是種族相剋的問題。

一個就很嚴重了，居然來了兩個？糟糕糟糕糟糕……

逃離現場？怎麼逃？距離已經近到能看見彼此。就算我全力逃跑，八成還是會被追上。不，連追趕都用不著。我已經在對方的攻擊範圍內，要是神代龍族認真起來，我已經死了。

既然還沒死，代表神代龍族出現在這裡不是為了打倒我。

換句話說，這是偶然。我的運氣真差。既然如此，或許能靠對話擺平。我看見一線曙光。

啊，慢著。

要是普拉妲或愛梅開口，或許會有麻煩。同樣身為惡魔族，她們說不定會放我一馬。不，應該會放過我吧。我滿懷希望地看向普拉妲和愛梅。

普拉妲顯得十分震驚，感覺就像看見了不可能出現的存在。我明白她的心情。畢竟出現了兩個神代龍族嘛。

然而普拉妲說出口的話完全不一樣。

「為什麼村長會來這裡——！」

……村長？普拉妲，妳精神錯亂了嗎？

搞錯該驚訝的點嘍。還有愛梅，別躲到我背後。

…………

妳什麼時候移動的啊？我完全沒反應過來。

該不會，如果對上愛梅，我馬上就會被幹掉嗎？其實她強得亂七八糟？

如此厲害的愛梅，此時焦急得就像做壞事被發現一樣。難道說那兩個神代龍族追的是愛梅嗎？

換句話說，我現在看起來像在護著愛梅，根本糟透了。放、放開我。

「才不要。陪我……陪我一起挨罵啦！」

為什麼是我！

「妳不是在『夏沙多市鎮』張設了危險的魔法陣嗎！」

確實危險，但是那個加上了安全裝置，效果微弱到不會被人發現。

就在我和愛梅拉扯時，普拉妲已經跑向四人這麼說：

「不是我的錯，都怪那兩個人。」

…………

我活到現在，從沒像此刻這麼想要痛扁普拉妲。

事後我才知道瓦特岡古到底怎麼回事。

沒人攻擊瓦特岡古。那只是瓦特岡古自己跳出去後倒地。

換句話說是演的。好像是奧義「假裝被幹掉」。為什麼要在那個時候發動啊？

「因為我有種非常不祥的預感，那個時機是最佳選擇。而且我知道，我家的管家就在附近。」

不過瓦特岡古確實漂亮地離開了現場，令人不禁覺得羨慕。

而且瓦特岡古的詐倒使得戰鬥停止，因此村長和兩位神代龍族不用插手，大家可以好好談談……這或許是最好的結果。

Farming life
in another world.
Presented by Kinosuke Naito
Illustration by Yasumo

# 15

# 登場人物辭典

Characters
Isekai Nonbiri Nouka

## ◉人類

【街尾火樂】
穿越者暨「大樹村」村長，在異世界努力從事過去夢想的農業。

【畢莉卡・溫埃普】
年紀輕輕就拜入劍聖門下。展現才華後，因為道場出了麻煩而成為道場主人。為了擁有與劍聖稱號相符的強大，正在修練劍術。

【娜西】
加特的太太，娜特的母親。

【伊絲莉】
在學園結識烏爾莎他們的殺手？

NEW【鳩羅】
不知為何率領一群人來調查魔王國的旅行商人。很有常識的辛苦人。

## ◉地獄狼族

【小黑】
村內地獄狼的代表，也是狼群的首領。喜歡番茄。

【小雪】
小黑的伴侶。喜歡番茄、草莓與甘蔗。

【小黑一／小黑二／小黑三／小黑四　其他】
小黑跟小雪的孩子們，排行一直到小黑八。

【愛莉絲】
小黑一的伴侶。優雅恬靜。

【伊莉絲】
小黑二的伴侶。個性活潑。

【烏諾】
小黑三的伴侶。應該很強。

【耶莉絲】
小黑四的伴侶。喜歡洋蔥。性情凶暴？

【吹雪】
小黑四與耶莉絲的孩子。是變異種的冥界狼。全身雪白。

【正行】
小黑二與伊莉絲的孩子。有多位伴侶，是隻後宮狼。

NEW【新來的】
被火樂撿回「大樹村」。和四隻母狼結為伴侶。

## ◉惡魔蜘蛛族

【座布團】
村內惡魔蜘蛛的代表，負責製作衣物。喜歡馬鈴薯。

【座布團的孩子】
座布團所生的後代。一部分會於春天離家旅行，剩下的留在座布團身邊。

**【枕頭】**
座布團的孩子。第一屆「大樹村」武鬥會的優勝者。

## ◉諾斯底蜂種

**【蜂】**
村裡飼養的蜜蜂。與座布團的孩子維持共生（？）關係，為村子提供蜂蜜。

## ◉吸血鬼

**【露露西・露】**
村內吸血鬼的代表，別名「吸血公主」。擅長魔法，喜歡番茄。

**【芙蘿拉・薩克多】**
露的表妹。精通藥學，正在努力研究味噌與醬油。

**【始祖大人】**
露和芙蘿拉的爺爺。科林教的首領，人們稱他為「宗主」。

**【阿爾弗雷德】**
火樂與吸血鬼露的兒子。

**【露普米莉娜】**
火樂與吸血鬼露的女兒。

## ◉鬼人族

**【安】**
村內鬼人族的代表兼女僕長，負責管理村裡的家務。

**【拉姆莉亞斯】**
鬼人族女僕之一。主要負責照顧獸人族。

## ◉天使族

**【蒂雅】**
村內天使族的代表，別名「殲滅天使」。擅長魔法，喜歡黃瓜。

**【格蘭瑪莉亞／庫德兒／可羅涅】**
蒂雅的部下，以「撲殺天使」的稱號聞名。不時要負責抱著村長移動。

**【琪亞比特】**
天使族族長的女兒。

**【蘇爾琉／蘇爾蔻】**
雙胞胎天使。

**【瑪爾比特】**
琪亞比特的母親。天使族族長。

**【琳夏】**
蒂雅的母親。

**【蒂潔爾】**
火樂與天使族蒂雅的女兒。

**【奧蘿拉】**
火樂與天使族蒂雅的女兒。

**【蘇爾蘿】**
蘇爾琉與蘇爾蔻的母親。

## ◉蜥蜴人

**【達尬】**
村內蜥蜴人的代表。右臂纏有布巾，力氣很大。

**【娜芙】**
蜥蜴人之一。主要負責照顧二號村的半人牛族。

## ◉高等精靈

**【莉亞】**
村內高等精靈的代表，以旅行兩百年所培養出的知識，負責村子的建築工作（？）。

**【莉格涅】**
莉亞的母親。相當強。

**【莉絲／莉莉／莉芙／莉柯特／莉婕／莉塔】**
莉亞的血親。

**【菈法／菈莎／菈菈薩／菈露／菈米】**
跟莉亞她們會合的高等精靈。

## ◉加爾加魯德魔王國

**【魔王加爾加魯德】**
魔王。照理說超強。

**【比傑爾・克萊姆・克洛姆】**
魔王國四天王之一，負責外交工作，封伯爵。勞碌命。傳送魔法使用者。

**【葛拉茲・布里多爾】**
魔王國四天王之一，負責軍事工作，封侯爵。雖是軍略天才卻喜歡上前線。種族是半人牛。

**【芙勞蕾姆・克洛姆】**
村內魔族暨文官少女組的代表。暱稱「芙勞」，是比傑爾的女兒。

**【優莉】**
魔王之女。擁有未經世事的一面，曾在村子住過幾個月。

**【文官少女組】**
優莉跟芙勞的同學兼朋友。在村裡擔任芙勞的部下非常活躍。

**【菈夏希・德洛瓦】**
文官少女組之一，伯爵家的千金。主要負責照顧三號村的半人馬族。

**【荷・雷格】**
魔王國四天王，負責財務工作。暱稱「荷」。

**【安妮・羅修爾】**
魔王之妻。貴族學園的學園長。

**【阿蕾夏】**
以商人名額進入貴族學園就讀。畢業後，擔任學園的職員。

**【安德麗】**
普加爾伯爵的七女。在貴族學園結識戈爾他們。

**【琪莉莎娜】**
格里奇伯爵的五女。在貴族學園結識戈爾他們。

## ◉龍

**【德萊姆】**
在南方山脈築巢的龍，別名為「守門龍」。喜歡蘋果。

**【葛菈法倫】**
德萊姆的夫人，別名「白龍公主」。

**【拉絲蒂絲姆】**
村內龍族代表，別名「狂龍」。是德萊姆和葛菈法倫的女兒。喜歡柿餅。

**【德斯】**
德萊姆等人的父親，別名「龍王」。

**【萊美蓮】**
德萊姆等人的母親，別名「颱風龍」。

**【哈克蓮】**
德萊姆姊姊（長女），別名「真龍」。

**【絲依蓮】**
德萊姆姊姊（次女），別名「魔龍」。

**【馬克斯貝爾加克】**
絲依蓮的丈夫，別名「惡龍」。

**【海賽兒娜可】**
絲依蓮和馬克斯貝爾加克的女兒，別名「暴龍」。

**【賽琪蓮】**
德萊姆的妹妹（三女），別名「火焰龍」。

**【德麥姆】**
德萊姆的弟弟。

**【廓恩】**
德麥姆的妻子。父親是萊美蓮的弟弟。

**【廓倫】**
賽琪蓮的丈夫。廓恩的弟弟。

**【古拉兒】**
暗黑龍基拉爾的女兒。

**【火一郎】**
火樂與哈克蓮的兒子。人類與龍族的混血。

**【基拉爾】**
暗黑龍。

**【古隆蒂】**
多（八）頭龍。基拉爾的太太。古拉兒的母親。

**【梅托菈】**
混代龍族。負責照料在學園生活的孩子們。別名「丹妲基」。

**【托席菈】**
混代龍族。在萊美蓮底下工作。梅托菈的妹妹。

**【庫庫爾坎】**
火樂和拉絲蒂的兒子，拉娜農的弟弟。

NEW **【歐潔斯】**
混代龍族。炎龍族。在魔王國王都工作。通常和海芙利古塔與姬哈特洛伊並稱三人組。

NEW **【海芙利古塔】**
混代龍族。風龍族。有棒球天賦。

NEW **【姬哈特洛伊】**
混代龍族。大地龍族。很享受魔王國王都的生活。

## ◉古惡魔族

**【古吉】**
德萊姆的隨從，也是相當於智囊的存在。

**【布兒佳／史蒂芬諾】**
古吉的部下，現在擔任拉絲蒂絲姆的傭人。

**【普拉妲】**
在德萊姆巢穴工作的惡魔族女僕之一。嗜好是蒐集藝術品。

**【薇爾莎】**
始祖大人的妻子。

## ◉惡魔族

【庫茲汀】
四號村的代表。村內惡魔族的代表。

## ◉獸人族

【格魯夫】
從好林村移居至大樹村的戰士。負責擔任村長的護衛。

【賽娜】
村內獸人族的代表，從好林村移居至大樹村。

【瑪姆】
獸人族移民之一。主要負責照顧樹精靈族。

【戈爾】
幼年時移居至大樹村的三個男孩之一。個性認真。

【席爾】
幼年時移居至大樹村的三個男孩之一。容易衝動。

【布隆】
幼年時移居至大樹村的三個男孩之一。做事可靠。

【加特】
好林村村長的兒子，賽特的哥哥。村裡的鍛冶師。

【娜特】
加特和娜西的女兒。生而為父方種族獸人族。

## ◉長老矮人

【多諾邦】
村內矮人的代表。最早來到村裡的矮人，也是釀酒專家。

【威爾科克斯／庫洛斯】
繼多諾邦之後來到村子的矮人，也是釀酒專家。

## ◉夏沙多市鎮

【麥可．戈隆】
人類。夏沙多市鎮的商人，戈隆商會的會長。極其正常的普通人。

【馬龍】
麥可先生的兒子。下任會長。

【提特】
馬龍的堂弟。戈隆商會的會計。

【蘭迪】
馬龍的堂弟。戈隆商會的採購。

【米爾弗德】
戈隆商會的戰鬥隊長。

## ◉山精靈

【芽】
村內山精靈的代表，是高等精靈的亞種（？）。擅長建築土木工程。

## ◉半人蛇

【裘妮雅】
南方迷宮統治者。下半身為蛇的種族。

【絲涅雅】
南方迷宮的戰士長。

## ◉半人牛

**【哥頓】**
村內半人牛族的代表，是身軀龐大而且頭上長牛角的種族。

**【蘿娜娜】**
派駐員。魔王國四天王之一的葛拉茲為她著迷。

## ◉半人馬

**【古露瓦爾德・拉比・柯爾】**
村內半人馬族的代表。是一種下半身為馬的種族，腳程飛快。

**【芙卡・波羅】**
雖是男爵，卻是個小女孩。

## ◉樹精靈

**【依葛】**
村內樹精靈族的代表。是一種能變成樹樁和人類模樣的種族。

## ◉大英雄

**【烏爾布拉莎】**
暱稱「烏爾莎」。原為死靈王。

## ◉巨人族

**【烏歐】**
渾身長滿毛的巨人。性情溫厚。

## ◉墨丘利種（人工生命體）

**【葛沃・佛格馬】**
太陽城城主輔佐。初老。

**【貝爾・佛格馬】**
種族代表。太陽城城主首席輔佐。女僕。

**【阿薩・佛格馬】**
太陽城城主的專屬管家。

**【芙塔・佛格馬】**
太陽城的領航長。

**【米優・佛格馬】**
太陽城的會計長。

## ◉九尾狐

**【陽子】**
活了數百年的大妖狐。據說戰鬥力與龍族相當。

**【一重】**
陽子的女兒。已經誕生百年以上，不過還很幼小。

## ◉妖精

**【妖精】**
有翅膀的光球（乒乓球大小）。喜歡甜食。村裡約有五十隻。

**【人型妖精】**
嬌小的人型妖精。村裡約有十人。

**【妖精女王】**
人類樣貌的妖精女王。成年女性，高個子。人類小孩的守護者，在人界受到許多人尊崇。但龍不擅長應付妖精女王。

## ◉不死鳥

**【艾基斯】**
圓滾滾的雛鳥。跑步比飛行快。

## ◉蛇神族

**【妮姿】**
修得人身的蛇。同時也是蛇神的使徒，能夠和蛇對話。

## ◉雙頭犬

**【歐爾】**
有兩個頭的狗。比小黑牠們弱。

## ◉老虎

**【蒼月】**
聖獸山月的子孫。

## ◉魔法生物

**【智慧箱】**
箱型魔法生物。村長撿到許多，如今在各地努力工作。

**【飛毯】**
會飛行的魔法地毯。很喜歡村長，但是害怕露。

## ◉其他

**【史萊姆】**
在村子裡的數量與種類日益增加。

**【牛】**
分泌牛奶，不過牛奶產量不像原世界的牛那麼多。

**【雞】**
提供雞蛋，不過雞蛋產量不像原世界的雞那麼多。

**【山羊】**
分泌山羊奶。一開始性格狂野，但後來變乖了。

**【馬】**
為了讓村長移動用而購買的。對古露瓦爾德抱持競爭意識。

**【酒史萊姆】**
村內的療癒代表。

**【死靈騎士】**
身穿鎧甲的骷髏，帶著一把好劍。劍術高手。

**【土人偶】**
烏爾莎的隨從。總是努力打掃烏爾莎的房間。

**【貓】**
火樂撿回來的貓。充滿謎團的存在。

# 後記

《異世界悠閒農家》改編成動畫，順利播放完畢了。（應該已經播完了才對！我深切盼望別出任何問題！）

這麼一來，我的稱號就從普通的輕小說作家，變為動畫原作輕小說作家了！

唉，不過那又怎麼樣。有作品動畫化經驗的輕小說作家，雖然比動畫的數量來得少，卻也大有人在，沒什麼好稀奇。

不能大意，繼續寫下去才重要——我再次這麼告誡自己。

這些暫且不提，我要在此鄭重感謝參與《異世界悠閒農家》動畫製作的各位。謝謝你們。還有，很榮幸能和各位共事。

當然也要感謝觀賞動畫的各位觀眾。等到我的作品再次動畫化時，還請多多指教。

可是，為此我得想出一部以動畫化為目標的新作才行……現在光是《異世界悠閒農家》就忙不過來了，哈哈哈。

言歸正傳。

到達第十五集！我做到了！

不過這本第十五集，故事只說到一半對吧～非常抱歉。《異世界悠閒農家》雖然盡可能避免故事拖延，這是書本厚度和文章量的問題，對不起。敬請期待下一集。為了儘快把書送到各位面前，我會努力擺平原稿。

然後，令人大吃一驚的連番新發展…………並不適合這部作品。我會和往常一樣，以悠閒的步調努力。對，沒有什麼新嘗試，也不會放什麼新東西，這就是《異世界悠閒農家》。

……仔細一想，這種悠閒的作品能持續到第十五集還真不簡單，讓我不禁想自賣自誇一下。一部作品寫這麼長，對我來說很少見，或者該說是第一次。以前花上半年寫一部遊戲腳本（大約小說三本～四本的分量），就要寫下一部作品，而且也不太會寫什麼續篇呢。令人感慨萬千。

不過，我還能持續幾年呢？完全無法預測！很抱歉，還請各位儘量奉陪，請多多指教了。

那麼，剩下的行數也不多了，這集就到此為止。

我們下集再見吧。再會嘍。

內藤騎之介

作者 內藤騎之介
*Kinosuke Naito*
大家好，我是內藤騎之介。
一顆在情色遊戲農田裡收成的圓滾滾鄉下土包子。
過著有大量錯字漏字的人生。
還請多多指教。

插畫 やすも
*Yasumo*
有時玩遊戲，有時畫圖。
是一位插畫家。
希望自己能創作出更多元的題材。

異世界
悠閒
農家

15

# 賽娜&莉亞的 下集預告閒～聊

大家好！我是獸人族的賽娜！在這個下集預告單元拜見各位！

我是高等精靈莉亞！一樣拜見各位！

話說回來，莉亞小姐，妳注意到了嗎？

注意到什麼呢？

由於《異世界悠閒農家》已經動畫化，現在我們的聲音可以透過聲優小姐的聲音播放出來喔！

哦哦！

話雖如此，動畫只是表現手法之一，並不是絕對的正解。

說得也是。每一位讀者（觀眾）對我們的印象才是正解。

不過，還是要感謝為我配音的聲優小姐。

即使在其他作品聽到，也會讓人特別留心呢。

## 即將發售！

*Next Farming life in another world.*

是啊。啊，不好、不好，下集預告的空間要沒了！

人家還想多聊聊動畫的感想耶～真沒辦法。

下一集……是這次故事的後續呢。

一般來說是這樣。

再來就是……悠閒的冬天？

和往常一樣。

是啊。應該會帶給大家和往常一樣的《異世界悠閒農家》！

咦？要是用這句話當結論，下集預告的意義何在啊！

別放在心上！那麼，我們下集再見吧。我是賽娜。

咦～這樣好嗎～我是莉亞。再會嘍～

# 倖存鍊金術師的城市慢活記 1~6 完

Kadokawa Fantastic Novels

作者：のの原兎太　插畫：ox

**這是居住在魔森林的精靈與魔物，**
**以及人類之間的故事。**

對吉克蒙德失去信任的瑪莉艾拉從「枝陽」離家出走。就像是要「回老家」似的，瑪莉艾拉為了尋找師父芙蕾琪嘉，與火蠑螈及「黑鐵運輸隊」一同前往「魔森林」。然而……

各 **NT$260~300/HK$87~98**

# 邊境的老騎士 1~5（完）

Kadokawa Fantastic Novels

作者：支援BIS　插畫：菊石森生　角色原案：笹井一個

**美食史詩的奇幻冒險譚最終幕！**
**燃燒生命而活，直到最後一刻——**

巴爾特總算踏上解開魔獸與精靈之謎的旅程。他從與龍人的邂逅中得到新線索並逐漸逼近世界的祕密。就在這時，帕魯薩姆王宮遭到意料之外的勢力所襲擊。巴爾特被迫面臨處於劣勢的防衛戰。面對身懷壓倒性力量的對手，他該如何與之對抗呢？

各 **NT$240~280/HK$75~93**

# **異世界漫步** 1~3 待續

Kadokawa Fantastic Novels

作者：あるくひと　插畫：ゆーにっと

**在新的城鎮也有許多嶄新的邂逅！**
**悠閒的異世界旅程第三集！**

空一行人為了與在艾雷吉亞王國分離的冒險者盧莉卡和克莉絲會合，決定暫居於以魔法學園和地下城聞名的城鎮瑪喬利卡。為了想學習魔法的同伴們，他們在蕾拉的引薦下特別入學魔法學園！在探索地下城的課堂上，由「漫步」學會的技能也大放異彩……！

**各NT$280/HK$93**

因為不是真正的夥伴
而被逐出勇者隊伍，
流落到邊境展開
慢活人生12
Banished from the brave man's group, I decided to lead a slow life in the back country.12
ざっぽん
插畫／やすも
Kadokawa Fantastic Novels

# 因為不是真正的夥伴而被逐出勇者隊伍，流落到邊境展開慢活人生 1~12 待續

Kadokawa Fantastic Novels

作者：ざっぽん　插畫：やすも

**「我想要打造足以繞行大陸一周的船。」**
**大受好評的奇幻慢活故事進入全新發展的第十二彈！**

安穩的晨間時光，亞蘭朵菈菈突然想挑戰造船。這位好奇心旺盛的高等妖精一立下目標就不會停下腳步，還把雷德等人拖去觀摩露緹以前弄沉的最新型蓋輪帆船。在沉浸於適合航海好日子的一行人面前，居然出現從翡翠王國漂流過來的船隻——？

各 **NT$200~240/HK$70~80**

國家圖書館出版品預行編目資料

異世界悠閒農家/內藤騎之介作 ; Seeker譯. -- 初版.
-- 臺北市 : 臺灣角川股份有限公司, 2024.01-
冊 ; 公分
譯自 : 異世界のんびり農家
ISBN 978-626-378-398-0(第15冊 : 平裝)

861.57 112019379

Kadokawa
Fantastic
Novels

# 異世界悠閒農家 15

（原著名：異世界のんびり農家 15）

2024年1月25日　初版第1刷發行

作　者：內藤騎之介
插　畫：やすも
譯　者：Seeker

發行人：台灣角川股份有限公司
總　監：呂慧君
總編輯：蔡佩芬
主　編：林秀儒
編　輯：彭曉凡
設計指導：陳晞叡
美術設計：莊捷寧
印　務：李明修（主任）、張加恩（主任）、張凱棋

發行所：台灣角川股份有限公司
地　址：104台北市中山區松江路223號3樓
電　話：（02）2515-3000
傳　真：（02）2515-0033
網　址：www.kadokawa.com.tw
劃撥帳戶：台灣角川股份有限公司
劃撥帳號：19487412
法律顧問：有澤法律事務所
製　版：巨茂科技印刷有限公司
ISBN：978-626-378-398-0